京大人文研東方学叢書 10

『紅楼夢』の世界

きめこまやかな人間描写

井波陵一 著

臨川書店

目次

第三章　作品の受容

はじめに

よく知られていることだが、魯迅《ろじん》は「『絳洞花主《こうどうかしゅ》』小序」(『集外集拾遺補編』収)の冒頭で、『紅楼夢』について次のように述べている。

『紅楼夢』は、中国では誰もが知っている。少なくともこの書名は知っている。作者が誰で続作者が誰であるかは、しばらく措くとして、その主題に限って言えば、読者の鑑賞眼によって様々である。すなわち経学者はそこに『易』を見、道学者は淫を見る。才子は綿々たる情を見、革命家は排満を見、詮索好きは宮廷の秘事を見る……。

超一流の作品は、どのような解釈に対しても、なるほど一理あるかのように受け入れてくれる。それゆえ論文は量産され続ける。一方で、どのような解釈に対しても、まるごと身を委ねたりしない。それゆえ論文はたちまち屍となって積み重なり、朽ち果てる。今や大冊となった『紅楼夢』の研究論文索引を目にするたびに、そのような感想を抱かざるを得ない。要するに、対象に届いたように見えて、じつは少しも届かないままに終わるのだ。

あたかもランボーが「夜明け」において、「ぼくは拾い集められたヴェールともども彼女(女神)を抱擁した」（宇佐美齊訳、ちくま文庫）と歌うように、「ヴェールごしの不完全なもの」として終わってしまう。しかし、たとえそうであったとしても、これから抱きしめようとする時には、直接その肌に触れたいと思っていたはずだし、その熱を感じ取りたいと望んでいたはずだ。

何かについて書くというのは、まさしくそういうことなのだろう。『紅楼夢』という女神をわたしなりに抱きしめた時、その後に残されたものとは……欠片《かけら》の幾つかを繋ぎ合わせてみたい。

第一章　作品の世界

第一節　物語のあらすじ

百二十回にわたるこの大長篇小説は、要約するだけでもかなりの紙数を費やさねばならない。ここでは拙訳『新訳　紅楼夢』全七冊（岩波書店、二〇一三～一四年）の「読みどころ」に依拠した上で、適宜訳文を織り込みながら、物語のあらすじを紹介したい。

一

この物語は、太虚幻境《たいきょげんきょう》という天上世界の仙女たちが、地上に降って繰り広げる一幕の夢幻劇にほかならない。冒頭でこの物語が刻まれた大石の由来が説明され、さらに一人の僧と一人の道士の会話を通じて、主人公の絳珠草《こうじゅそう》と神瑛侍者《しんえいじしゃ》の出会いの顛末が語られる。

「この一件は語るとなればお笑いぐさ、なんと古来聞いたこともない珍事でしてな。そもそも西のかた、霊河《れいが》の岸辺の三生石《さんしょうせき》の傍らに絳珠草が生えていたのですが、そのときちょうど赤瑕宮《せきかきゅう》の神瑛侍者が日々甘露を注ぎかけてやったおかげで、この絳珠草ははじめて命を長らえることができた次第。のちには、もともと天地の精華を受けていたうえに、また雨露の滋養を得たことにより、草木の質を超えて人の形に変わることができ、女性の姿に成りおおせると、終日、離恨天《りこんてん》の外に遊んで、お腹が空けば蜜青果《みつせいか》を食べて食事とし、のどが渇けば灌愁海《かんしゅうかい》の水を飲んで吸物としておりました。ところが、いまだ甘露を注いでもらった恩徳に報いていなかったため、心の奥深くにやるせない思いがわだかまることになったのです。折も折、近ごろこの神瑛侍者はふとしたはずみで煩悩を燃え上がらせ、この太平極盛の御世に乗じ、人間世界に下って幻の縁を経てみたいと願い、すでに警幻仙姑《けいげんせんこ》の御前に届け出ています。その際、警幻仙姑も絳珠仙子に対して、「甘露を注いでもらった恩情に報いていないのであれば、いっそこの機会に結着をつけてはどうですか?」とお尋ねになったところ、答えて言うには、「あちらは甘露を恵んでくださいましたが、わたくしにはお返しのしようもありません。あちらが下界へ降りて人間になられるのであれば、わたくしもまた下界へ降りて人間になり、一生のありったけの涙をお返しすれば、埋め合わせたことになりましょう」とのこと。この一件によって、恋の罪作りたちがぞろぞろと引っ張り出され、二人に付き添ってこの懸案にケリをつけることになったのです」。(第一回)

続いて地上の舞台となる、建国以来の名門賈家《か》の有様が描かれる。

「そのかみ、寧国公《ねいこくこう》と栄国公《えいこくこう》は同じ母上のもとに兄弟として生まれました。寧国公の方が兄上で、四人の男の子を儲けたのです。寧国公の死後、賈代化《かだいか》が官位を引き継ぎ、二人の男の子を儲けました。長男は賈敷《かふ》といい、八つか九つで亡くなりました。残った次男の賈敬《かけい》が官位を引き継ぎました

賈家（太線）を中心とした主要登場人物系図

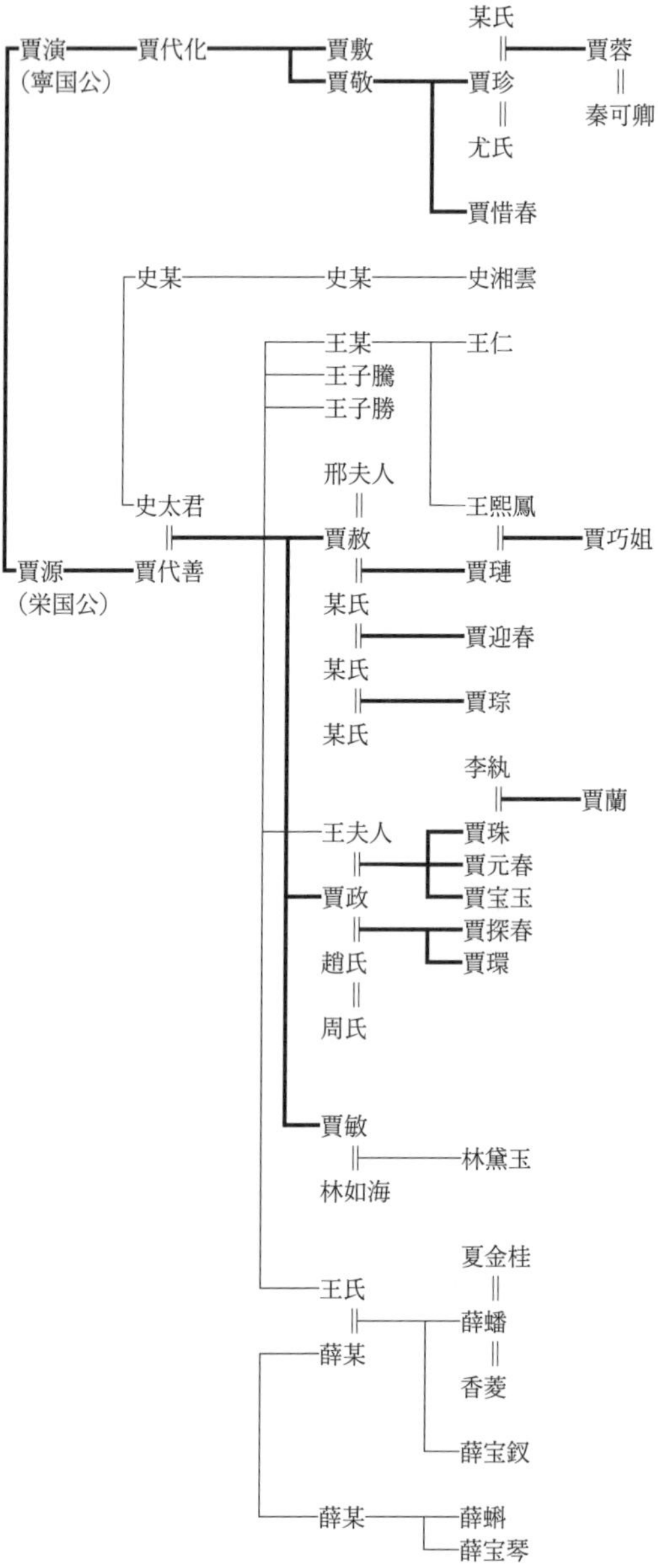

が、いまでは仙人修行に夢中になり、金丹を練ることにかまけて、他の事にはいっさいかまおうとしません。幸い若いうちに男の子を一人儲けていて、名を賈珍《かちん》といいますが、父親はひたすら仙人になろうと考えたあげくに、官位を息子に譲ってしまったのです。父親はまた本籍に帰ろうともせず、都の郊外で道士たちとインチキ修行に耽っています。この珍さまにも男の子が誕生して、今年ようやく十六歳、名を賈蓉《かよう》といいます。いまや敬さまは何ひとつ口出しなさいませんから、珍さまがどうしてまじめに読書などいたしましょう。道楽の限りを尽くし、とうとう寧国府をひっくり返してしまわれたのに、誰も進んで諫めようとしないのです。

さて、栄国府の方ですが、ほら、いましがた申し上げた風変わりな事件というのは、こちらで起こったのです。栄国公が亡くなった後、長男の賈代善《かだいぜん》が官位を引き継ぎ、金陵《きんりょう》の世家である史侯《し》のお屋敷のお嬢さまを娶られて二人の男の子を儲けました。長男は賈赦《かしゃ》、次男は賈政《かせい》です。いま代善さまはとっくに世を去りましたが、大奥さまはまだご健在で、長男の赦さまが官位を引き継がれています。次男の政さまは幼いころから読書がことのほか好きで、祖父や父の大のお気に入り、もともと進士出身者として出仕させるつもりでしたが、代善さまが臨終の際に上奏文を奉ったところ、なんと天子さまは亡くなった臣下を憐れみたまい、ただちに長男に官位を引き継がせただけでなく、ほかに子息はあるかとご下問になり、すぐさま引見して、特別に政さまに主事のお役目を賜ると、所轄官庁での研修を命じられました。いまではもう員外郎《いんがいろう》に昇格しておいでです。この政さまの奥さまの王氏《おう》が初めに生んだ男の子は賈珠《かしゅ》といい、十四歳で秀才に合格され、二十歳前に妻を娶って男の子を一人儲けましたが、病気のため亡くなりました。二番目に女の子が生まれましたが、誕生日が元日ですから、これだけでも珍しい。ところがなんとその後に生まれた男の子はもっと珍しいことに、生まれ落ちた時、口の中に色鮮やかな玉を含んでおり、表面にはたくさんの字が刻んであったとかで、それにちなんで宝玉《ほうぎょく》と名づけられたのです。変わった話だと思いませんか？」（第二回）

亡き母の実家である賈家に身を寄せた少女林黛玉《りんたいぎょく》（絳珠草の生まれ変わり）は、大石の生まれ変わりである通霊宝玉《つうれいほうぎょく》を口に含んで生まれた、一つ年上の従兄賈宝玉《かほうぎょく》（神瑛侍者の生まれ変わり）と出会い、互いに既視感に襲われる。

林黛玉

侍女が入って来ると、笑いながら言いました。

「宝玉さまがお越しです」。

黛玉は疑念を抱きます。

「この宝玉という人、いったいどんなだらしない、ぐうたらの悪戯っ子なのかしら。そんなおバカさんなら会わない方がマシなのに」。

内心そんな風に思っているところへ、侍女の言葉がまだ終わらないうちに、早くも一人の貴公子が入って来ます。頭には髪を束ねるための、珠玉をはめ込んだ紫金《しきん》の冠を載せ、眉に揃えて二匹の龍が真珠を奪い合う図柄を刺繍した金色の抹額《ヘアバンド》を締め、深浅二色の金糸で群蝶が花に戯れる図柄を刺繍した、袖の細い真っ赤な上衣を着け、それを五色の糸で花びらを縫い込めた結び飾りのある、両端が長い房になった宮中製の打紐《うちひも》で縛り、円形の花模様を八つ縫いつけて裾にぐるりと房飾りをめぐらした石青色《あい》の倭緞《わどん》の褂《コート》を上から羽織り、底を白く塗った、光沢のある黒い緞子製の半長靴を履いています。顔は中秋の月のように丸く、肌の色は春の曙の花に似ています。鬢の毛は刀で裁ちきったかのよう、眉は墨で描いたかのよう、顔立ちは光り輝く桃の花びら、まなざしは澄み渡った秋のさざ波といった風情です。怒った時も笑っているように見えますし、目を見開いて睨《にら》んでもどこかやさしさを隠せません。首には螭《みずち》模様の純金の瓔珞《くびかざり》のほかに、美玉を繋ぎ止めた五色の打紐を掛けています。黛玉はひと目見るなり、たいそうびっくりして心の中で思いました。

「なんて不思議なんでしょう！　どこかでお目にかかったことがあるような……。こんなにも見覚えがあるなんて」。（第三回）

宝玉はとっくに姉妹が一人増えていることに気づいており、林のおばさまのお嬢さんに違いないと察し、急いで近寄って挨拶します。挨拶をすませて席に戻ると、その姿をじっくり観察しますが、他の誰とも異なっています。顰《しか》めたようで顰めていない、霞をこめたようなふたすじの眉、喜んでいるようで喜んでいない、情のこもったまなざし、愁いに満ちた両のえくぼはなまめかしい趣を生じ、ほっそりとした体はあえかな風情を漂わせます。涙は点々ときらめき、ため息はひそやかにあだっぽく、たたずむ姿はまるで美しい花が水に照り映えるかのよう、歩く姿はしなやかな柳が風に支えられるかのようです。心は比干《ひかん》より一竅《ひとあな》多く、病は西施《せいし》より三分《さんぶ》勝っています。

宝玉はじっくり眺めた後で、笑いながら言いました。

「この妹さんなら、わたしはお目にかかったことがありますよ」。

おばあさまは笑いながら言いました。

「そんなバカな！　どうしておまえがこの子に会ったことがあるというの？」

「実際にお目にかかったことはないものの、わたしにはよく知っているように思えたものですから、心の中で、昔なじみと今日久しぶりに再会したように考えたのです。別にかまわないでしょ？」

（同前）

二人はおばあさまのもとで仲睦まじく暮らすが、やがて宝玉の母方の従姉である薛宝釵《せつほうさ》も賈家に滞在するようになり、黛玉の心は落ち着かない。

さて、いま林黛玉が栄国府で暮らすようになって以来、おばあさまは何かにつけて可愛がり、寝食から起居に至るまで宝玉と同様にして、迎春《げいしゅん》、探春《たんしゅん》、惜春《せきしゅん》の三人の内孫娘の方がそっちのけ

薛宝釵

にされる始末です。宝玉と黛玉二人の仲の良さも他とは違っていて、昼は行くも座るも一緒、夜は憩うも休むも一緒、本当に気持ちがぴったり合って、仲違いすることもありません。ところが思いがけず、このたびいきなり薛宝釵なる人物が登場し、年齢はそれほど上でもないのに、品格はどっしり、容貌はふくよかで、多くの人が黛玉もかなわないと言います。しかも宝釵はすることがおおらかで、その場に応じて無理なく振る舞い、黛玉がお高く止まって、眼中人もなげな態度を取るのとは違うため、黛玉に比べると大いに召使の心をつかみます。小侍女たちもその多くが宝釵と遊ぶのを好みます。そのため黛玉は内心穏やかならぬ気持ちを抱いていたのですが、宝釵の方はまったく気がつきません。宝玉もまだ頑是《がんぜ》なく、ましてや生まれつき愚かでつむじ曲がりときていますから、姉妹や兄弟をすべて分け隔てなく扱い、遠い近いの区別など少しもありません。そうした中で黛玉とは、おばあさまのもとで一緒に暮らしているために、他の姉妹より身近です。身近であれば、いっそううち解けた気持ちになり、うち解けた気持ちになれば、よかれと思ってやったのに逆に機嫌を損じたり、思いもよらぬすれ違いが生じたりすることにもなってしまいます。この日もどういう理由か分かりませんが、二人は話がちょっと噛み合わず、黛玉は怒って一人、部屋

の中で涙にくれ、宝玉は言いすぎたと後悔して詫びを入れ、やがて黛玉もしだいに機嫌を直すのでした。（第五回）

そんなある日、夢で太虚幻境に遊んだ宝玉は仙女（警幻仙姑）に導かれて「薄命司《はくめいし》」の冊子を読む。そこには黛玉や宝釵など、身近にいる少女たちの不幸な運命が記されていたが、あいにく内容を理解できぬまま目を覚ます。冊子の内容に基づく形で作られた「紅楼夢」十二曲の締めくくりの曲である「飛鳥《ひちょう》　各《おの》おの林《はやし》に投《とう》ず」は、次のように歌われていた。

役人は、家業没落。金持ちは、財産蕩尽。恩ある者は、九死に一生。情なき者は、きっちり報い。命に借りがある者は、命を返し終わり、涙に借りがある者は、涙を流し尽くす。因果の連鎖はまことに重く、出会い別れは前世の定め。短命の理由を知りたければ前世に問え、年老いて金持ちになるのもまったくの僥倖。見破った者は、仏門に逃れ去り、迷い込んだ者は、むざむざ命を落とす。これぞまさしく　食べ物が尽きて　鳥は林に帰り、見渡す限り　すっからかんの大地が残されてきれいさっぱり。（第五回）

こうして物語は徐々に始まっていくが、物語の主役はつねに黛玉と宝玉というわけではない。たとえば、父の危篤を知らされた黛玉がいったん故郷に戻ってしまった間、重要な役割を果たすのは、宝玉の母の姪にあたる王熙鳳《おうきほう》である。家事を取り仕切る彼女の辣腕ぶりは、黛玉が賈家に到着した日にすでに明らかにされているが、わずかな伝手《つて》を頼りに訪れた老婆（劉《りゅう》ばあさん）を丁重にもてなす一方で、自分に横恋慕する一族の男を徹底的に痛めつけたり、賈家の嫁の一人である秦可卿《しんかけい》の葬儀を取り仕切るに際しては、たるみきった召使たちを震え上がらせたりと、その凄味を存分に見せつける。

「わたしに任された以上、あんたたちに嫌がられることなんかかまってはいられません。あんたたちの若奥さま（尤《ゆう》氏）のように、お人好しであんたたちの言いなりになるのとは比べものになりませんからね。「こちらのお屋敷ではもともとこうでした」という言い訳は、もう通じません。これからはわたしの指図通りにやりなさい。わたしの言いつけにちょっとでも従わない場合には、体面があろうがなかろうが、一律にきっちり処分します」。（第十四回）

「明日はあっちも寝坊して、明後日はこっちも寝坊するというのでは、先々人がいなくなってしまいます。あんたを許してあげたいのはやまやまですが、最初から大目に見ると、以後抑えが効かなくなってしまいます。ここでビシッとやった方がいいわ」。

突然厳しい顔つきになり、声を荒げて命じました。

「連れて行って、棒叩き二十回！」（同前）

賈元春

さらにせっせと蓄財に励む姿も折に触れて描かれる。目上の人々のご機嫌を取る腕前も超一流で、おばあさまの大のお気に入りである。こうした熙鳳の活躍を目にするだけでも、この物語がたんなる少年少女の恋愛譚ではなく、主人同士、主人と召使、召使同士、老人と若者、男と女など、様々な人間の関係性を重層的に描き出そうとしたものであることが分かる。

賈家の頂点に立つおばあさまも経験豊かでユーモアに富む女性である。孫娘たちを可愛がり、姉妹や侍女たちと遊び暮らす宝玉をひたすら庇って、科挙に合格させるべく厳しくしつけようとする父の賈政をまったく寄せつけない。宝玉が姉妹たちといつも一緒にいられるのは、彼女の存在があればこそである。

栄華を極めつつも没落の兆しを見せる賈家だが、新たに貴妃に封ぜられた宝玉の実姉元春《げんしゅん》の里帰りのために、贅の限りを尽くして、「地上の楽園」とも言うべき大観園《たいかんえん》を築く。

二

栄華の絶頂であるにもかかわらず、

賈妃（元春）は轎の中からこの園の内外がかくも豪華であることを御覧になると、あまりの贅沢さに黙り込んでため息をおつきになります。（第十七・十八回）

賈妃は御簾《みす》の向こうから父親に対して涙ながらに言いました。
「里人の家は粗衣粗食に甘んじるとはいえ、天倫の楽しみ（一家団欒）を全うすることができます。ただいま富貴はすでに極まったものの、肉親は離れ離れになってしまい、なんと味気ないことでしょう！」（同前）

というように、里帰りした元春のため息と涙は、めでたいお正月に不吉な謎々をこしらえる姉妹たちに対して賈政が抱く悲哀の念とともに、賈家の将来に暗い影を落とすが、それもつかの間、宝玉を含む姉妹たちが園内の建物に移り住むことで一気に華やいだ雰囲気に満たされる。姉妹たちはそれぞれの性格に合致した建物で暮らしており、まさしく景と情が一体となっている。

なかでも黛玉が宝玉とともに散り敷いた桃の花びらを集め、錦の袋に収めて葬る場面では、美しいものをあくまで美しく見送ろうとする少女の感性が見事に描かれている。

「水の中に投げ入れたりしてはいけません。ほら、ここの水はきれいでも、ひとたび流れ出て人家のある場所まで行ってしまうと、汚いものや臭いものがゴチャゴチャに混じり合い、やはり花を踏みつけにすることになります。あちらの隅に、わたし、花塚をこしらえました。いまこれらを掃き寄せたら、この絹の袋に入れ、土をかぶせて埋めてあげましょう。時が経っても土に変わるだけですから、きれいじゃありません?」（第二十三回）

宝玉が去った後、青春の輝きのはかなさを歌った芝居の曲に耳を傾けてやるせない気持ちにさせられたり、宝玉のことを誤解して孤独感に苛まれ、桃の花びらを埋めた地で、花を葬る少女の思いを託した詩を吟じたりする場面（第二十七回）にも、黛玉の魅力が余すところなく表現されている。

黛玉と宝玉の愛情は、あくまで幼なじみにありがちな感情として大人たちには受け止められているが、二人の思いははるかに深く真剣なものであった。ただ黛玉は、「金《きん》と玉《ぎょく》とが対になる」という予言にぴったり当てはまる宝釵を過剰に意識してしまい、宝玉もそんな黛玉に余計な気を回しすぎるため、諍いと仲直りを繰り返す日々が続く。

黛玉と宝玉以外では、煕鳳と賈芸《かうん》のやり取りが注目される。傍系の一族で貧しい賈芸が仕事を得るために知恵を絞り、なんとか取り入ろうとする姿には、単純なご機嫌取りに手もなく騙されるはずもない煕鳳の対応と相俟って、人と人との関係のあり方がじつに活き活きと、しかも嫌みのない形で描き出されている（本書九九頁）。

その賈芸とゆくゆくは夫婦になったのではないかと推測される侍女の小紅《しょうこう》も興味深い存在である。宝玉付きだった彼女は、彼に認められてより高い地位に昇ることを切望していたが、格上の侍女たちにその野心を見透かされて出鼻を挫かれ（本書一〇八頁）、たまたま用事を言いつけられた熙鳳の目に留まって引き抜かれる。地位をめぐる召使同士の厳しい競争を最初に実感させる人物である。

三

黛玉の不安を解消すべく、宝玉は、

「黛ちゃん！　わたしのこの思い、いままでどうしても打ち明けることができなかったけれど、今日は思い切って打ち明けました。もう死んでもいい！　わたしもあなたのせいですっかり病気に罹っているのですが、他人に言うのははばかられ、隠し通すしかありません。あなたのご病気が好くなってはじめて、わたしの病気も好くなるのでしょうね。寝ても覚めてもあなたのことが忘れられないのです」。（第三十二回）

と思いを打ち明けるが、肝腎の大胆な告白を聞いたのは自分の筆頭侍女の襲人《しゅうじん》であった。宝玉に対する戯れ言が原因で追い出された王夫人の筆頭侍女の金釧児《きんせんじ》が自殺した一件などが引き金となって、宝玉が賈政に折檻されると、襲人は宝玉が男女間の醜聞に巻き込まれるのを恐れるあまり、彼を大観園から出すよう王夫人に進言し（本書一四五頁）、その忠誠心に感動した王夫人は彼女を事実上の側室に格上げする。一方、黛玉の悲しみを癒すべく、襲人を宝釵の所へ使いに出した間に、宝玉は晴雯《せいぶん》に命じて使い古しのハンカチを届けさせる。宝玉の思いを悟った黛玉はそのハンカチに詩を書きつけ、以後、二人の間に子供じみた諍いは見られなくなる。

折檻による宝玉のケガが回復し、賈政が地方に赴任すると、探春の発案で姉妹たちは詩社を結成する。それまで個別のエピソードの中でばらばらに顔を出していた姉妹たちが、詩社を拠り所に一体となって行動するようになり、大観園を少女たちの理想郷と信じる宝玉に大きな喜びをもたらす。

宝玉が言いました。

「これはまっとうな大事です。皆で気分を盛り上げて、互いに譲り合うのはよしましょう。それぞれ意見があったらどんどん出して、皆で議論することです。宝姉さんもお考えを述べてください。黛ちゃんも発言してください」。

宝釵が言いました。

「あなたは何を忙《バタバタ》しているのです？　まだ全員揃っていませんよ」。（第三十七回）

また、姉妹たちの世間話の中で、各部屋付きの筆頭侍女に対する厚い信頼感も明らかにされ（本書五三頁）、黛玉を中心とする姉妹たちの周辺に格上の侍女を引き寄せる形で、大観園はますます少女たちにふさわしい世界となる。

それとは対照的に、風雅な大観園に俗世の陽気さを持ち込んだ劉《りゅう》ばあさんの存在も忘れ難い。おばあさまから格下の召使まで、周囲を絶えず笑いの渦に巻き込む彼女の素朴で飾らぬ人柄は、名門家庭の秩序意識にやすやすと風穴を開ける。意表を突く彼女のしぐさに、賈家の女性たちは、

湘雲《しょううん》（史《し》湘雲。賈宝玉の祖母である史太君《したいくん》の兄の孫娘）はこらえきれずに、口に含んだ御飯をプッと噴き出します。黛玉は笑いすぎて呼吸ができなくなり、テーブルに伏して「アアッ」と呻きます。宝玉は早くもおばあさまの懐《ふところ》に転がり込み、おばあさまも笑いながら宝玉を抱きしめて「おまえ！」と叫びます。王夫人は笑いながら手で煕鳳を指さしますが、ちっとも言葉が出て来ません。薛のおばさまはこらえきれずに、口に含んだお茶を探春の裙《スカート》に噴きこぼしてしまいます。探春は手にした御飯をお碗ごと迎春の体にひっくり返してしまいます。惜春は席を立つと、乳母を引っ張り寄せてお腹を揉んでもらいます。（第四十回）

というように、日ごろ味わうことのできない解放感に満たされている。

煕鳳の誕生日に夫の賈璉《かれん》が浮気をして大騒ぎになり、巻き添えを食った平児《へいじ》が大観園に身を寄せる場面も、宝玉の真情を理解するうえで興味深い。彼が平児に勧める自家製の紅や白粉《おしろい》の純度の高さは、そのまま少女たちに対する宝玉の思いの純度の高さを表している。彼は自分を中心とした少女の世界を夢想するのではなく、少女たちが形作る世界の素晴らしさを外側から観察することに喜びを見出している。黛玉の髪を宝釵が手で整えてやる様子を見てうっとりする彼の姿は、その典型である。

宝釵は黛玉を指さして笑いながら言いました。

「おばあさまがあなたを可愛がられ、皆があなたの利発さを愛しく思うのももっともですね。わたしも大好きでたまらなくなりました。こちらへいらっしゃい、髪を整えてあげますから」。

黛玉はその通り身を翻して近づき、宝釵は手できれいに整えてやります。宝玉はそばで見ていてますますうっとりした気分になり、「さきほど黛ちゃんに鬢の毛を撫でつけさせるべきではなかった。あのままにしておいて、いまあちらにそうしてもらうべきであった」と、思わず後悔します。（第四十二回）

平児

酒令での言い損ないを親身になってたしなめてくれた宝釵に感激した黛玉は、孤児として親戚に身を寄せる苦しみを素直に打ち明け、宝釵も心から同情する。秋の夜の風雨に寝つかれぬ黛玉がこしらえた「秋窓風雨《しゅうそうふうう》の夕《ゆうべ》」は哀切を極めている（第四十五回。なお、この詩は永井荷風が『濹東綺譚』の末尾で引用し、やがて全訳して『偏奇館吟草』に収める）。

秋の花はしおれ　秋の草は黄ばみ、
秋の灯《ともしび》はほの暗く　秋の夜は果てしない。
秋の窓辺には　尽きせぬ秋の気配　しみじみと、
風と雨に寂しさはいや増す　きりきりと。
秋を促す風と雨　訪れはあまりに速く、
秋の窓辺の秋の夢　緑の世界はかき消される。
秋の情《おもい》を抱きしめて　眠るに忍びず、
秋の屏風の前に　涙する蠟燭を手ずから運ぶ。
涙する蠟燭は　ゆらゆらと　小さな燭台まで燃やさんばかり、
愁いを誘い恨みを照らして　別離の思いをかき立てる。
風の吹き渡らぬ秋の院《にわ》は　どこにもなく、
雨音の響かぬ秋の窓辺も　どこにもない。
羅《うすぎぬ》の夜具では　秋風の力を如何《いかん》ともし難く、
夜明けの漏刻《みずどけい》の音に促されて　秋の雨はさらに降りつのる。
一晩じゅう　脈脈《しとしと》と　また颼颼《ざわざわ》と、
灯《ともしび》の下　別離の思いに沈む人のそばで泣くかのよう。
秋の烟《もや》が立ちこめて　小さな院《にわ》はますますもの寂しく、

うつろな窓の向こうで　まばらな竹が滴《しずく》を落とす。
風と雨はいつ止むのだろうか、
窓の紗はすでに涙で濡れているというのに。

四

賈赦がおばあさまの筆頭侍女である鴛鴦《えんおう》を強引に側室にしようとしたものの、彼女が大勢の人々の見守る中でおばあさまに直訴したため大騒ぎになる。このさき誰にも嫁がないと宣言し、宝玉とすら口をきかなくなった鴛鴦の断固たる決意は、賈赦がろくでなしの好色な老人である分、ますます輝いて見える。

一方、重病であるにもかかわらず、おばあさまや王夫人に知られぬよう、ひそかに徹夜して命がけで宝玉の衣裳を繕った晴雯の場合、決して模範的な侍女としてその任に当たったわけではない。

二針刺しては様子を見、二針繕ってはためつすがめつ眺めるといった具合ですが、いかんせん、頭はくらみ、目はかすみ、息も絶え絶え、心はうつろといった有様で、四、五針も刺さないうちに、枕に伏してひと休みします。（中略）晴雯は何度か咳き込んだあげくに、ようやく縫い終わると、一声言いました。
「繕うことは繕いましたが、結局のところ似ていませんね。でもこれ以上は無理です」。

そう言うなり、「アアッ！」と叫んで、そのまま倒れ込んでしまいました。（第五十二回）

彼女は日ごろからいかにも侍女らしく振る舞うことを拒み、その意味で傲慢であり怠慢であったと言えるが、押しつけられた身分秩序の枠組みに沿ってではなく、あくまで自分の意志に基づいて、宝玉のために身を捨てて顧みぬ行動を取ったことは特筆に値する。その点こそ、他の侍女たちに類を見ない資質だからである。もっともそれはやがて彼女に不幸をもたらす原因でもあった。

主人の薛蟠《せつはん》が旅に出たことによって大観園で暮らすことが可能になった香菱《こうりょう》が、黛玉から詩作の手ほどきを受け、夢中になって学ぶ姿も印象的である。

香菱は詩を手にして蘅蕪苑《こうぶえん》に戻ると、他の事は一切顧みず、灯《あかり》の下で一首ずつ夢中になって読み始めます。宝釵が何度も床に就くよう促しましたが、眠ろうとしません。宝釵は彼女がそこまで打ち込んでいるのを見て、仕方なく好きにさせておきます。（第四十八回）

香菱と同じく、念願かなって宝釵と一緒に暮らすようになった史湘雲や、新たに賈家に逗留することとなった薛宝琴《せつほうきん》など、大勢の姉妹たちが繰り広げる聯句の会は、詩社の絶頂であり、それぞれの個性が遺憾なく発揮されている。

だが、大観園の外に目を向ければ、賈家の窮状はさらに深刻さを増していた。年貢を納めに上京した烏進孝《うしんこう》と賈珍らの対話がそれを物語る。

「おまえたちのような山間《やまあい》や海辺に住む者たちに、どうしてこの道理が分かろうか？　貴妃さまがまさか天子さまのお蔵をポンとわたしたちに下さるはずもないだろう。たとえあちらにそうしたお心があったとしても、勝手にはできない相談だ。賜り物があるはずだと言うが、時節ごとに反物や骨董、頑意の類を下さる程度だ。銀子を賜ることがあるとしても、せいぜい金百両だから、銀一千両に見合うのが関の山で、年間の出費の何の足しになるだろう！　ここ二年はいずれも何千両もの赤字を出しているのだよ。最初の年はお里帰りに花園の建設まで加わったから、いったいどのくらいかかったか、おまえもちょっと計算してみれば、すぐに分かるだろう。これから二年のうちにもう一度お里帰りがあったりしようものなら、それこそスッカラカンになってしまうだろう」。（第五十三回）

お正月こそ華やいだ雰囲気で過ごしたものの、熙鳳が流産して家事を取り仕切ることができなくなると、家庭内の亀裂が様々な形で露呈する。熙鳳の後を引き継いだ探春はしっかり者だが、側室腹のお嬢さんというだけで格上の召使たちに軽んじられ、余計な苦労を背負い込まざるを得ない（本書六二頁）。また召使同士の派閥争いも表面化し、欲深なばあやのみならず、血縁や主従関係に引きずられて、侍女までも地位や金銭にまつわる争いに加担するようになり、少女が少女であることだけを願った宝玉の思いはしだいに裏切られてゆく。

黛玉が蘇州に戻るという紫鵑《しけん》の冗談を真に受けた宝玉が、衝撃のあまり人事不省に陥るというハプニングも起こるが、おばあさまは宝玉の相手として一旦は宝琴を考えるなど、二人の前途はまだ不透明なままである。

五

宝玉の誕生日に、姉妹たちが怡紅院《いこういん》（大観園の宝玉の住まい）の格下の侍女とともにテーブルを囲んだ夜の宴は、少女たちが身分の違いを越えて一緒に過ごすことを理想とする宝玉にとって、それが実現した最初で最後の機会であった（本書五九頁）。

その興奮も冷めやらぬうち、寧国府の賈敬が急死したという知らせが入る。葬儀をめぐる慌ただしさの中で、賈璉は手伝いに来た尤氏姉妹の姉である尤二姐《ゆうじしゃ》と結ばれ、煕鳳には内密で家を構える。妹の尤三姐《ゆうさんしゃ》は賈珍らとのじゃれ合いに終止符を打ち、かねて思いを寄せていた柳湘蓮《りゅうしょうれん》との結婚を待ち望む。賈璉の尽力もあって婚約にまでこぎつけるが、頽廃した寧国府に身を寄せていた三姐の人となりを疑った柳湘蓮に婚約を解消されたため、契りの品として受け取っていた刀で首を刎ね、後悔した柳湘蓮も出家して姿を消す。

やがて二姐の存在を知った煕鳳は、表向き鄭重に扱いながら、裏では彼女を排除するために様々な奸計《かんけい》をめぐらす。みすみす罠にはまり、進退窮まった二姐は自害する。だらしない賈璉もさすがに衝撃

尤三姐

を受け、以後、夫婦の間には冷ややかな空気が流れる。

　衾単《シーツ》をめくって見ると、二姐の顔色はさながら生きているかの如く、元気だった時よりも美しいではありませんか。賈璉はまた抱きしめて大泣きし、ひたすら「若奥さん、あんたが不審な死に方をしたのも、すべてわたしの責任だ！」と叫びます。賈蓉は急いで近寄って慰めました。

「おじさま、少し落ち着いてください。うちのおばさまには福がなかったのです」。

そう言うと、また南を向いて大観園の境界の塀を指さします。賈璉もその意を悟り、こっそり地団駄踏んで言いました。

「わたしは迂闊だった。いつか突き止めて、あんたのために仇を取ってやる」。（第六十九回）

　冷え切ったのは二人の関係だけではない。賈赦の妻である邢《けい》夫人も、鴛鴦を側室にもらい損ねて以後、すっかり立場が悪くなり、その鬱屈の矛先をおばあさまのお覚えめでたい嫁の熙鳳に向けるようになる。主人の威厳が低下するのに伴って思うに任せぬようになった邢夫人付きの召使たちも、ここぞとばかりに熙鳳や王夫人を譏るようになる。両者の亀裂は修復不能となり、邢夫人が衆人の面前で熙鳳に恥をかかせたことで決定的となる（本書一二二頁）。

その邢夫人の手に、大観園で発見された大人向けの香袋《においぶくろ》が渡ったことを契機として、邪推と誹謗中傷が一気に侍女たちの身に降りかかり、日ごろばあやたちから快く思われていなかった晴雯がまず犠牲者となる。屋敷を追い出されて重態に陥った彼女をひそかに見舞った宝玉に対して、晴雯は真情を訴える（本書一五〇頁）。やがてその死を知ると、宝玉は彼女を守れなかった無念の思いをこめて「芙蓉女《ふようじょ》児誄《じるい》」をこしらえる。所持品検査のために園内各所を捜索するという愚行に、探春は憤慨してばあやを平手打ちし、親戚だからということで対象外となった宝釵は嫌疑を避けるために園を出る。

「わたくし（熙鳳）が思いますに、薛の妹さんが今回出て行かれたのは、きっと先だってお付きの子たち全員の持ち物を改めたせいでしょう。あちらが、「園内の者が信用できないからこそ捜索したのに、自分は親戚であるから、現にお付きの子やばあやを抱えていても、捜索するのを見送ったのだ」とお考えになるのも無理からぬところです。わたくしどもがあちらを疑うのを恐れ、それゆえこのように気を回して、ご自分の方から身をかわされたのでしょう。嫌疑を避けるという意味では当然です」。（第七十八回）

さらに迎春は不幸な結婚を強いられて夫の虐待を受け、香菱は薛蟠の正妻となった夏金桂《かきんけい》にいびられるなど、宝玉が思い描いた少女たちの世界は崩壊の一途をたどる。

六

第八十一回以降は、前八十回で描かれた賈家没落の兆しが現実のものとなる過程を、補作者（本書一九六頁）の構想に従って展開する。

宝玉は父に命じられて日々家塾に通わねばならなくなり、黛玉と顔を合わせることすら稀になる。その間、黛玉の病状は悪化の一途をたどり、宝玉の婚約が決まったという不確かな情報が偶然耳に入ると、それを真に受けて死を覚悟する。

なんと黛玉はずっと気にかかっていたことでもあり、またひそかに紫鵑と雪雁《せつがん》の話を聞きつけ、はっきりとは分からないものの、七、八分かた聞き取ったので、その身を大海に投げ出されたような気持ちになってしまいます。来し方行く末に思いをめぐらしてみるに、先日の夢の知らせがついに現実となったわけで、数限りない愁いが心に積み重なり、あれこれ考えた結果、少しでも早く死んでしまい、意外な事態を目の当たりにして嫌な思いを味わうのを免れる方がよいという結論に達します。さらに、頼るべき両親がいない苦労に思いを馳せ、このさき体を日一日とダメにしていけば、半年か一年のうちに必ずや浄土に赴くことができるだろうと考えます。そう決意すると、布団も被らず、着物も重ねず、そのまま目を閉じて眠ったふりをします。（第八十九回）

やがて真相を知って持ち直すが、じつはおばあさまはこのときすでに、宝釵を宝玉の相手に選んでいた。当の宝釵は母のもとに戻っており、兄嫁の夏金桂の放埒ぶりに悩まされていたが、さらに兄が旅先で殺人事件を引き起こしたため、薛家全体がのっぴきならない事態に追い込まれる。

怡紅院の枯れていた海棠《かいどう》が季節外れに花開くという奇妙な出来事に続き、通霊宝玉が行方不明になると、宝玉がしだいに茫然自失の状態に陥り、ついで元春が病死する。賈家の繁栄を象徴する存在が失われて不安が募るなか、おばあさまは宝玉の結婚を急ごうとする。襲人の告白に、宝玉と黛玉の思いの深さを知らされて愕然とするが、煕鳳の献策に従って、二人にはあくまで内密に事を進めようとする。しかしひょんなことからその企てが黛玉の耳に入ってしまう。日ごろの不安が的中したために、黛玉はもはやこれまでと覚悟を決め、詩を書きつけたハンカチなど思い出の品々を焼くと、恨みの一言を残して絶命する。

一方、黛玉が結婚相手だと吹き込まれ、かろうじて正気を保っていた宝玉は、結婚式の最中に相手が宝釵だと分かると、ますます混乱を来して意識を失ってしまう。冷静な宝釵は宝玉の病気の原因が黛玉にあることを見抜き、皆がひた隠しにしていた黛玉の死を面と向かって打ち明ける。

「本当のことを申し上げましょう。あなたが人事不省に陥っていたあの二日の間に、黛さんはすでに亡くなってしまわれたのです」。

宝玉はいきなり起きて座ると、信じられないとばかりに大きな声で言いました。

「本当に亡くなったのですか?」
「本当に亡くなりました。滅多やたらに人の死を口にしたりしましょうか! おばあさまやお母さまはあなた方ご兄妹が仲睦まじいことをよくご存じだったので、あちらが亡くなったことを知れば、あなたはきっと死のうとするに違いないということで、あなたには内緒にしておかれたのです」。

妙玉

宝玉はそれを聞くと、たまらず大きな声を上げて泣き出し、ベッドに倒れ伏します。(第九十八回)

宝玉は一時的に大きなショックを受けるが、宝釵の予想通り、悲しみに打ちひしがれながらも少しずつ平生の暮らしに適応していく。ただ、黛玉の最期を看取った紫鵑はそんな宝玉を決して許そうとしない。

他の人々にも不吉な影が忍び寄る。宝玉の結婚直後に地方へ赴任した賈政は、杓子定規な対応によって実務を滞らせ、狡猾な召使に頼りきってしまう。一切の俗塵を排除して修行に励んでいたはずの妙玉《みょうぎょく》(賈家に招かれて大観園で修行する有髪の尼僧)も、妖魔の類に魅入られて恐慌を来す。香菱もまた、夫の従弟を籠絡しようとした夏金桂の邪魔をする結果となったため、激しく憎悪されることになる。

賈政の手紙に記された縁談に従い、探春は沿海地方に嫁ぐことになる。しっかり者の彼女が遠くへ輿入れするということで、心ある人々の喪失感は限りなく深い。

七

宝玉が、また黛玉や宝釵などほとんどの少女がいなくなったため、大観園はすっかり寂れてしまい、悪霊がいて取り憑かれるとして人々から敬遠されるようになる。勢いを失った賈家にとどめを刺すかのように家宅捜索の手が伸び、数々の不正行為が摘発される。かろうじて賈政だけは許されたものの、もはや一族全体を支えてゆく力はない。おばあさまは私財を擲って無一文になった家族を励ますが、先の見通しが立たないため、誰もが沈みがちになる。皆を盛り立てようと、強いて宝釵の誕生祝いが催されるが、そのとき宝玉は大観園に入り、かすかに黛玉の泣き声を耳にする。

宝玉は大観園を離れて一年になろうとしますが、どうして道を忘れたりするでしょう！　襲人は彼が〔黛玉の住まいであった〕瀟湘館を見たせいで、黛玉のことを思い出して悲しい気持ちになるのを恐れ、それゆえ適当にごまかそうとしたのです。ところが宝玉はひたすらそちらを目指すではありませんか。日も暮れて、物の怪に出くわすのを心配したため、宝玉が尋ねた際に、「もう通り過ぎました」と言って彼を行かせまいとしたのに、宝玉の心にはもう瀟湘館しかありません。襲人は彼がどんどん先へ進むので、やむなく後を追いかけますが、不意に宝玉が立ち止まり、何かを見たような、あるいは聞いたような様子を示したので、「何か聞こえましまして？」と言います。宝玉は言いました。

「瀟湘館には誰か住んでいるのかい？」

「たぶん誰もいないと思いますが」。

「中で誰かが泣いているのをはっきり聞いたんだ。いないはずはないだろう」。

「空耳ですわ。こちらへおいでになるたびに、林のお嬢さまの泣き声を聞いていらしたので、いまもそのように聞こえるのでしょう」。

宝玉は信じようとせず、そのまま聞き入ります。ばあやたちが追いついて言いました。

「二の坊ちゃまには急いでお戻りください。日もすでに暮れました。他の場所ならわたくしども行き来しますが、この道は奥まっているうえ、こちらの林のお嬢さまがお亡くなりになって以後、いつも泣き声が聞こえると言われています。ですから誰も通ろうとはしません」。

宝玉と襲人はそれを聞くと、揃ってびっくり仰天します。宝玉は「そのはずだ！」と叫ぶと、涙をポロポロこぼしながら言いました。

「黛ちゃん、黛ちゃん、みすみすわたしがあなたを殺してしまったのだ！　わたしを恨まないでおくれ。両親が進めたことで、わたしが裏切ったわけではないのだから」。（第百八回）

おばあさまが天寿を全うして亡くなると、鴛鴦は首をくくって殉死する。一方、葬儀を任された熙鳳は機敏に事を処理することができず、人心を失ってしまう。さらに泥棒に入られ、妙玉までさらわれる。混乱の中で熙鳳の病状は悪化し、おりよく訪ねて来た劉ばあさんに娘の巧姐《こうしゃ》を託して亡くなる。その後、おじたちの奸計により、あやうく売り飛ばされそうになった巧姐は、劉ばあさんに助けられて危機を脱する。

通霊宝玉を返しに来た僧の導きにより、再び夢で太虚幻境を訪れた宝玉は、絳珠草の化身である仙女に戻った黛玉に出会うとともに、改めて「薄命司」の冊子を読み、少女たちの来歴と結末を悟って目を覚ます。以後、少女たちに心ときめかせることもなくなり、絶えず出家の意志をほのめかす。宝玉の態度に懸念を抱いた宝釵は必死で説得し、宝玉もとりあえず科挙の受験勉強にいそしむようになる。襲人らは喜ぶが、宝釵は一抹の不安を拭いきれない。受験当日、まるで最後の別れを告げるかのように宝玉は家を出て行く。

「行こう、行こう！　むやみに騒ぐことはない。終わったのだ！」（第百十九回）

試験終了の日、宝玉は忽然と姿を消す。杳として行方がつかめぬところへ、探春が夫とともに都へ戻って皆を慰め、続いて宝玉と賈蘭《からん》（賈珠の子）

賈巧姐

が合格したという知らせが届く。一方、おばあさまの柩を送って江南に旅立っていた賈政は、大雪の最中、とある岸辺で家族に手紙を書いていた際、頭を丸めた宝玉が自分に挨拶して立ち去るのを目撃した。

ある日、毘陵《びりょう》の宿場までやって来ると、急に冷え込んで雪が降り出したため、静かな場所に船を泊めます。賈政は皆を陸に上がらせ、名刺を持って友人たちに挨拶に行くよう命じ、「すぐに船を出すのでお気遣い無用です」と言わせます。船には一人だけ小者を残して身の回りの世話をさせ、自分は船内で家族に宛てて手紙を書き、人を遣わして事前に届けさせることにします。宝玉のことを書いたところで、筆を擱いて頭を上げると、舳先のあたりに雪に紛れてかすかに人影が見えます。頭はツルツル、裸足で、真っ赤な毛氈の斗篷《マント》を羽織り、賈政に向かってひれ伏して叩頭します。賈政は見分けがつかなかったので、急いで船を出ると、引き起こして誰か尋ねようとします。その人は四度叩頭すると、立ち上がって合掌します。賈政が揖礼を返そうとして顔を見れば、余人ならぬ宝玉ではありませんか。賈政はびっくり仰天して、急いで尋ねました。

「宝玉ではないのか?」

その人は何も言わず、嬉しいような悲しいような表情をしています。賈政はまた尋ねました。

「宝玉なら、どうしてそのような格好をして、ここまでやって来たのだ?」

宝玉が答えるより先に、舳先に二人の人物――一人の僧と一人の道士――が現れ、宝玉を挟んで言いました。

「俗縁は終わったのだ。早く行かぬか！」（第百二十回）

賈政は懸命に後を追いかけたものの、ついにその姿を見失う。宝玉は完全に俗世の因縁を断ち、一幕の夢幻劇を演じ終えたのだった。

＊

補作は、「見渡す限り　すっからかんの大地が残されて　きれいさっぱり」（本書一四頁）というように、賈家の徹底的な破滅を予言した原作の構想を十分には活かしきれていないし、宝玉と宝釵が結婚するのと時を同じくして黛玉が死ぬという描写などは、いささか「やりすぎ」という感じがしないわけでもない。いま、「紅楼夢」十二曲を手がかりに推測すれば、宝玉の立場から黛玉と宝釵のことを歌った「終身誤」は、

誰もが金玉の良縁だと言うが、わたしには木石の前世の誓いだけ。

むなしく向き合う、山の中の高士のような　きらめく雪《せつ》（薛）。

いつまでも忘れない、塵の外の美女たる　寂しき林《りん》。

人の世を嘆きつつ、美に不足があることを　いまようやく信じる。

たとえお膳を眉の高さに捧げられても（夫婦が互いに礼儀正しく尊重し合う喩え）、この気持ちが安ら

ぐ時は　ついに訪れない。

という内容であり、また、黛玉と宝玉を歌った「枉凝眉」は、

一人は神仙の園の花、一人は傷ひとつない玉。
不思議な縁《えにし》がないと言うなら、なぜにこの世でめぐり逢う。
不思議な縁があると言うなら、どうして想いが遂げられぬ。
一人はいたずらに嘆き悲しみ、一人はむなしく悩み苦しむ。
一人は水の中の月、一人は鏡の中の花。
目の中にどれほど涙があったとて、
耐えられましょうか　秋が流れて冬が尽き、
春が流れて夏までも。

という内容であるから、黛玉が因縁の涙を流し尽くして亡くなった後、おそらくは家の事情でやむなく宝釵と夫婦にならざるを得なかった宝玉は、最終的に黛玉への想いを断ち切ることができず、苦渋の決断の末に宝釵を残して出奔するという展開になったと思われる（宝玉と夫婦になった宝釵が、ひっそりと寂しい結末を迎えることは、第五回の「薄命司」の冊子に見える言葉や、第二十二回で「更香」を詠った彼女の詩か

ら読み取れる）。晴雯を悼んだ「芙蓉女児誄」に、「わたくしは、悲しみに打ちひしがれてすすり泣き、涙を流しながらさまよい続けるのです」とあるが、まさしく宝玉は「さまよい続ける」ことを選んだのだろう。黛玉への想いの何たるかを知るために、再び太虚幻境を訪れねばならないことは言うまでもないが、すでに悟りきっているので、冷たく突き放すように宝釵を置き去りにする、という補作の描写に対しては、やはり「宝玉らしくない」という違和感を覚えてしまう。

とはいえ、少なくとも原作の意図を無視して宝玉と黛玉を夫婦にするといった類のハッピーエンドを選ばなかった功績は認めて然るべきだろう。

第二節　賈宝玉の幻想――少女は天地の精髄《エッセンス》、男はカスやアブク

一

宝玉の生活舞台である大観園は、元春の発案で姉妹たちに解放され、

「ましてや家中には現に詩文の才にすぐれた姉妹たちがいるわけだし、どうして彼女たちを住まわせない手があろう。そうすれば佳人を落魄させ、花柳を顔色無からしめることもない」。

そこでまた宝玉のことに思い至ります。

「幼い時から姉妹たちの中で育ってきたのだから、他の兄弟たちとは同列に論じられない。もしもあの子を入れてやらなければ、おそらく一人取り残された気分になるだろう。ふさぎ込んでしまうことにでもなれば、おばあさまやお母さまがお心を痛めるのは免れないから、あの子も園に移り住むようにさせるのがよい」。（第二十三回）

というように、特別の計らいで宝玉も加えられる。姉妹たちの中で詩文に長じた者となれば、元春の里帰りの際に、「迎春、探春、惜春三人の中では探春が一番秀でているとはいえ、それでも宝釵や黛玉には及びもつかないことは自覚しています」（第十七・十八回）と記されたように、まず宝釵と黛玉に絞られる。それに探春が続き、さらに例外的存在として「汚らわしき」宝玉が加わる（「女の子は水でできた体、男は泥でできた体、わたしは女の子を見ると、とってもさわやかな気分になるけれど、男を見ると、臭くて胸がむかつくんだ」（第二回）という彼の主張は、自分自身にも当てはまる）。四人の中で最初にスポットを当てられるのは宝玉だが、大観園に移り住むことを少女全体の喜びとして感じるのは、じつは彼を措いてない。彼は大観園を、「もともと天が万物の霊として人間をお作りになった時、およそ山川日月の精髄はすべて女の子に集まり、むさ苦しい男はカスやアブクにすぎないのだ」（第二十回）という自らの幻想を保証する現実的根拠とみなすからだ。宝玉によれば、園の主役はあくまで少女たちであり、彼自身の存在価値は少女たちとの関わりの中ではじめて生まれてくる。しかも彼の幻想は彼と個々の少女との関わりではなく、少女たち相互の関係――その総体を彼が自分の満足する方向へ確認することによって根拠を与えられる。彼の満足する方向――その極みにはすでに一人の少女がいる。林黛玉である。

入園当初、宝玉と黛玉の関係に描写が集中するのは、黛玉がそれを通じて少女としての最高の姿を示すからにほかならない。

わざわざ花塚をこしらえて桃花を葬るという痴《おばかさん》の行為も、園を美しく彩り、人の心を魅了したものに対する哀悼の意はどうしたら十分に尽くされるかと考えてみると、他のどんな方法よりもふさわしく映る。したがって、そこまで自然にやってのける黛玉にこそ、大観園に住む少女の最高の資質が見出される。他の少女たちが、たとえば年中行事の芒種節（第二十七回）を内発的な惜別の念をもって越えようとすれば、それは黛玉の「葬花」に近づくことを意味する。宝玉と黛玉の関係は、「葬花」のような痴の行為こそが自らの幻想の根拠となると認める満足感と、そうした行為の理解者が自分の傍にいると信じる安堵感との絡みの中で発展する。しかもそれは追いつめられた形でより強く表れる。宝玉との繫がりを見失ったと決め込んだ時に作られた「葬花詩」がその典型である。「埋香冢《まいこうちょう》にて飛燕残紅《ひえんざんこう》に泣《な》く」（第二十七回）――たしかに悲哀

賈宝玉

に満ちてはいるが、あくまで宝玉を避け、それでもなおひっそりと花を葬ろうとする姿に、あるいは「高潔なまま　訪れそして去って行くのは、泥にまみれて溝に落ち込むより　はるかに勝る」といった詩句の中に、感傷の底に潜む硬質な何かが感じ取れる。そして涙もろいこの少女が胸の奥深く秘める硬質な何かとは、じつは自分の生きる世界を決して譲らぬ激しさ、手強さを意味し、それこそが痴の行為を通じて宝玉の幻想に根拠を与える。自分をつねに宝玉の意識の中に見出そうとする誰はばからぬ態度に、黛玉の激しさは最も強く現れる。彼女の激しさはまるで錐を揉み込むように迫って来るが、たんに心情がそうだというばかりでなく、表情や身のこなしをも含めた全体がそうした鋭さを持つ。換言すれば、様々な形で現れる鋭さが彼女の純粋さを印象づける。そして純粋さが宿命的に併せ持つひよわさ（これは彼女の病弱に繋がり、精神的ないわゆる「大人への成熟」に対する危うさを暗示する）をも浮き彫りにする。

黛玉が理想の少女として大観園の中心的存在である以上、宝玉は他の少女たちに対してもまた個性を惜しみなく発揮することを願う。少女世界はあくまで少女たち自身が築き上げるのだが、宝玉は「汚らわしき」男子なるがゆえに、その世界全体を意識的にとらえ直すことができ、しかもそこに最高の価値を見出す。少女たち自身が世界を築く――大観園はそれを保証する場だと先験的に信じ込む彼に最初の喜びをもたらすのが詩社の結成である。

二

「蓮社《れんしゃ》の雄才は独り鬚眉《しゅび》（男子）にのみ許し、ただ東山《とうざん》の雅会をもって脂粉《しふん》（女子）に譲るということはないはずです」（第三十七回）——詩社の結成は詩の創作を通じて個性を発揮することを意味し、それだけに姉妹たちの意気込みも大きい。海棠を詠んだ最初の集まりで彼女たちが雅号を贈り合う場面（第三十七回）はそうした雰囲気をよく伝えている。

黛玉が言いました。

「詩社を興そうというからには、わたしたちはみな詩翁《うたよみ》です。まず姐《あね》や妹、叔《おとうと》や嫂《あによめ》といった字を改めてこそ、はじめて俗ではないということになります」。

李紈《りがん》が言いました。

「ごもっともです。全員が別号をつけてお互いに呼び合えば、いかにも風雅ではありませんか。わたしは稲香老農《とうこうろうのう》に決めました。もう誰も横取りできませんよ」。

李紈

探春が笑いながら言いました。

「わたしは秋爽《しゅうそう》居士《こじ》かな」。

宝玉が言いました。

「居士とか主人というのは、どう考えてもしっくり来ないし、余計だよ。ここ（探春の住まいである秋爽斎）には梧桐《あおぎり》や芭蕉がいっぱいあるのだから、梧桐や芭蕉にちなんでつけた方がいいね」。

探春は笑いながら言いました。

「そうだ！　わたしは芭蕉がとても好きだから、蕉下客《しょうかかく》と名乗りましょう」。

皆は風変わりでおもしろいと言います。黛玉が笑いながら言いました。

「皆さん、早くこちらを引っ張って行き、胸肉を煮込んで一杯やりましょう」。

皆は訳が分かりません。黛玉は笑いながら言いました。

「昔の人（列子）が言っています、「蕉葉 鹿を覆う」とね。こちらはご自分で蕉下客と名乗られたのだから、まさしく鹿ではありませんか。早く胸肉をさばきましょう」。

皆はそれを聞くと、いっせいに笑い出します。探春はそこで笑いながら言いました。

「忙《バタバタ》している時にお上手な話で人を虚仮《こけ》にするものではありませんよ。わたしはすでにあなたのためにピッタリの素晴らしい号を考えついているのですからね」。

それからまた皆に向かって言いました。

「その昔、娥皇《がこう》と女英《じょえい》が涙を注いで竹の上に斑《まだら》模様ができたため、今日では斑竹《はんちく》のことを湘妃竹《しょうひちく》とも言います。こちらがお住まいなのは瀟湘館《しょうしょうかん》ですし、また涙もろいときておられるので、やがて林のお義兄《にい》さまを思うあまり、あそこの竹もきっと斑竹に変えてしまわれることでしょう。以後、こちらのことを瀟湘妃子《しょうしょうひし》とお呼びすればよろしいわ」。

皆はそれを聞くと、手を打って称賛します。黛玉は俯いて口を挟まなくなります。李紈が笑いながら言いました。

「わたしは薛の妹さん（宝釵）のためにとっくにいいのを思いついています。これもたった三字なんですけれど」。

惜春と迎春が何かと尋ねます。李紈は言いました。

「わたしはこちらを蘅蕪君《こうぶくん》に封じたいのですが、皆さんいかが？」

探春が笑いながら言いました。

「その封号《ほうごう》、とってもすてき！」

姉妹たちのこうした弾みようは、当然、宝玉に最高の喜びをもたらす。自分もその席に連なる興奮を抑えきれないかのように、
宝玉が言いました。

「わたしのは？　皆さん、わたしにも何か考えてください」。

宝釵が笑いながら言いました。

「あなたの号はもうちゃんと用意してありますよ。無事忙《ぶじぼう》の三字がぴったりです」。

李紈が言いました。

「あなたはやっぱり以前の号の絳洞花王《こうどうかおう》がいいわ」。

宝玉は笑いながら言いました。

「小さいころのお遊びだというのに、そんなものを持ち出してどうするんです？」

探春が言いました。

「あなたの号はとてもたくさんあるのに、このうえ何と名乗るおつもりですの？　わたしたち、好きなように呼びますから、それにお返事してくだされぱいいのです」。

宝釵が言いました。

「やっぱりわたしがつけて差し上げないといけませんね。最も俗な号とはいえ、これがあなたにはじつにピッタリなんです。天下に得難きものは富貴、同じく得難きものは閑散《ひま》であり、この二つは決して兼ね備えることはできません。ところがなんと、あなたは兼ね備えておいでです。そこであなたのことを富貴閑人《ふうきかんじん》とお呼びすることにいたしましょう」。

宝玉は笑いながら言いました。

「とんでもない、とんでもない。それならいっそ皆さんのお好きなように呼んでください」。

結局、宝玉はちゃんとした号をつけてもらえないが、彼自身、そんなことはどうでもいい。姉妹たちが詩を作ることに意気込みを示すのに対し、彼はそうした彼女たちの姿に触れて活気づくだけで、肝腎な自分の詩の出来映えなどあまり気にしていないからだ（第三十七回、第五十回）。会のたびごとに姉妹たちの詩才が自分を圧倒する事実の方が、彼にとってははるかに重要な意義を持つ。詩社に対する彼の執着は姉妹たちのそれとは異質な所から発している。

ちなみに、宝玉は後から怡紅公子《いこうこうし》という号を使っている。百二十回本の一部のテキストでは、「お好きなように」というわけにはいかないとして、黛玉があっさり怡紅公子に決めたことにしているが、これはあまりに単純な処理の仕方であろう。黛玉はまだ黙って俯いたままでいるのがよいし、宝玉の号についても、この場ではっきりと決まることなく、曖昧にされている方がむしろ妙味がある。詩社の代表たる李紈、および実際の作り手としての探春、黛玉、宝釵の四人だけが正式に新たな雅号をつけ、宝玉は使い古したものを適当に利用することにし、さらに以下に見えるように、作り手とはならない迎春と惜春はそれぞれの住まいの名を借用するという三層構造は、それぞれの役割に基づいて十分に考え抜かれた結果であろう。

詩社の結成は元春の当初の考えを最高のレベルで実現したことになるが、才能の有無や興味の厚薄から来る詩社の重みの違いが気になる。残る迎春と惜春はどうだろうか？


李紈が言いました。

「二のお嬢さんと四のお嬢さんは何という号になさいますか？」

迎春は言いました。

「わたしたちはあまり詩も作れませんから、いたずらに号だけつけてどうしましょう」。

探春が言いました。

賈惜春

「そうだとしても、やはりおつけになった方がよろしいわ」。

宝釵が言いました。

「こちらのお住まいは紫菱洲《しりょうしゅう》ですから菱洲、四さんは藕香榭《ぐうこうしゃ》にいらっしゃるから藕榭とお呼びすればよろしいでしょう」。

迎春の返答はもっともだが、一瞬座が白けかかる。一本気な探春が食い下がるのも無理はない。機転とも言える宝釵の提案、やはり詩を作らぬ自分の方へ引き寄せ、二人に出題係と清書係の役を振り当てた李紈の配慮によってこの場は何とかおさまり、探春も「そういうことにしましょう。ただ考えてみるとおかしくって。せっかくわたしが発案したというのに、かえってあなたたち三人に監督される羽目になってしまったんですもの」と冗談口をたたくが、詩社における迎春と惜春は何と言っても影が薄い。惜春の方は後に詩才ならぬ画才を発揮してそれを補う（第四十二回以後）が、迎春には何もない。それどころか病気で姿を消しさえする（第四十九回）。元春の灯謎《とうめい》（謎々を紙片に書いて灯籠に貼りつけたり、灯籠に直接書きつけたりしたもの）を当て損ない（第二十二回）、酒令ではわざと間違えるよう頼まれる（第四十回）というように、存在感の希薄な「二木頭《アルムートウ》（二のでくの坊）」（第六十五回、小者の興児《こうじ》の評）は、姉妹たちが宝玉の幻想に応えていく中で一人取り残されていくようだ。それは先々の展開と微妙に絡むが、ともあれ詩社は姉妹たちの世界として開かれる。

詩社の結成という質的飛躍は、当然、量的拡大を目指す。ただし詩文の素養のある姉妹たちは限られているから、勢い園外に求めるしかない。結成の翌日に史湘雲《ししょううん》が加わる。彼女の正式の入園はもっと遅れるが、宝玉に「この詩社にあの人を欠いたなら、他に何のおもしろみがあるだろう」（第三十七回）と言わせるだけの才能の持ち主だし、彼女の方も「あの方々は詩を作るというのに、わたしには声もかけてくださらないのね」とヤキモキしている。招かれるや、一度に二首作って皆をうならせ、聯句をこしらえた際にも飛び抜けて多く応酬する彼女は、まさしく「詩瘋子《とりつかれ》」（第五十二回、宝釵の評）と呼ばれるにふさわしい。

しかし、湘雲のような実力者が加わるのは当然と言えば当然だろう。むしろ続く香菱の場合の方が、実力こそ湘雲よりはるかに劣るものの、姉妹とも侍女とも言いかねる意味から、いわば「斜めにせり上がって来る」という特異性を持つ。第四十八回に見えるように、念願の大観園での暮らしが実現し、黛玉に導かれながら詩に対する情熱をほとばしらせた彼女の加入は、詩社の厚みを確実に増した。湘雲と香菱はともに蘅蕪苑に住むが、詩に対する二人の没頭ぶりはじつに愉快である。

史湘雲

いま香菱は詩を作ることしか頭にないのですが、そのことであまりに宝釵を煩わせるのもはばかられる……というところへ、うまい具合に湘雲がやって来ます。この湘雲がまた大の話し好き、その彼女に香菱が詩の講義を頼んだものですからさあ大変、ますます調子づいて昼となく夜となく話したい放題の有様です。宝釵はそこで笑いながら言いました。

「うるさくって、わたし、本当に堪えられません。女の子がおかまいなしに詩をまっとうなこととして論じたりしていると、学問を積んだ人の耳にでも入ろうものなら笑いものにされ、本分を守っていないと言われますよ。香菱一人でも始末に負えないのに、よりによってあなたのようなおしゃべりさんが加わり、何をまくし立てているのかと思えば、杜工部《とこうぶ》（杜甫）の沈鬱《ちんうつ》、韋蘇州《いそしゅう》（韋応物《いおうぶつ》）の淡雅《たんが》とはかくかく、温八叉《おんはっさ》（温庭筠《おんていいん》）の綺靡《きび》、李義山《りぎざん》（李商隠《りしょういん》）の隠僻《いんぺき》とはしかじか、といった具合。現役の二人の詩人については知らんぷりで、そんな過去の人たちなんか取り上げたって仕方ないでしょ！」

湘雲はそれを聞くと、急いで笑いながら尋ねました。

「どの二人ですの？　お姉さま、教えてください」。

宝釵は笑いながら言いました。

「呆《のめりこみ》 香菱の心苦《おもいつめ》、瘋《とりつかれ》 湘雲の話多《ながばなし》、ですよ」。

湘雲と香菱はそれを聞いて笑い出します。（第四十九回）

続いて詩社は四人の姉妹に恵まれる。薛宝琴、邢岫烟《けいしゅうえん》、李紋《りもん》、李綺《りき》の上京組だが、四人一挙にという点に湘雲、香菱とは違った意義がある。湘雲の時には自分の迂闊さを口惜しがり、香菱の時には、「わたしはいつでも、彼女のような人が俗塵にまみれているのは残念だと嘆いていましたよね。なんと今日という日があったとは！　天地がきわめて公平だということが分かります」と喜んだ宝玉は、予期せぬ四人が現れたというだけでも、「天よ、天よ、あなたはどれほどの精華霊秀がおありになって、これら人の上なる人を生み出されたのでしょう！」（第四十九回）と憑かれたようになる有様だから、その四人が園に住み（厳密に言えば、宝琴はおばあさまの手元だが）、詩社にも加わるとなれば興奮するのも無理はない。朝早くから会場の蘆雪庵《ろせつあん》に押しかけ、侍女やばあやたちから、「お嬢さま方はお食事をすませてからおいでになるのですよ。あなたさまはまたえらくせっかちでいらっしゃいますのね」（同前）と笑われてしまう。

薛宝琴

「白海棠を詠ず」（第三十七回）、「菊花詩」（第三十八回）を経て「即景聯句」（第五十回）に至ると、詩社は姉妹たちが築き上げた世界として質的にも量的にも最高に充実する。特に聯句の持つ性格から来る、これまでの会との雰囲気の相違に注目したい。個々の句の出来映えを競いながら全体を一貫したものに仕上げていく聯句の場合には、すばやい応酬に見られる個性のぶつかり合いが、はるかに動的で活気に溢れている。

　湘雲は、喉が渇いたので、忙忙的《いそいで》お茶を飲んでいましたが、そこを岫烟に、「空山《くうざん》に老鴞泣《ろうきょうな》く。階墀《かいち》上下《じょうげ》に随《したが》い（ひっそりした山では　老いた鴞《フクロウ》が悲しげに泣く。階墀《きざはし》は上も下も一面真っ白に覆われ）」と先を越されます。湘雲は忙《あわ》てて湯呑みを放り出すと、忙《いそ》いで、「池水浮漂《ちすいふひょう》に任《まか》す。照耀《しょうよう》として清暁《せいぎょう》に臨《のぞ》み（水面《みなも》には降り注ぐ雪が気ままに漂う。照耀《キラキラ》と　爽やかな夜明けを迎え）」と付けます。（第五十回）

など、二十か所以上もある「忙」という表現がそうだし、「眉をつり上げ、体をピンと伸ばす」や「胸にこぶしを当てて甲高く叫ぶ」となると、姉妹たちの力の入りようがより具体的だ。

　しかし、最初からこれほどまでに興奮しているわけではない。王熙鳳の飛び入りも一興を添えるが、「熙鳳→李紈→香菱→探春→李綺→李紋→岫烟→湘雲→宝琴→黛玉→宝玉→宝釵」と順番通りに進む穏やかさは、詩社の拡がりを改めて示す（迎春は病欠、惜春は絵を描くために休みをもらっている）。その安定感を踏み台にして、湘雲を軸とする華やかな応酬が始まる。

　宝玉は宝釵、宝琴、黛玉の三人が一緒になって湘雲と張り合う様子がおもしろくてならず、どこに聯ねる余裕などありましょう。いま黛玉に押されたものですから、ようやく聯ねて言いました。

（中略）湘雲が笑いながら言いました。

「あなたはさっさと引っ込んで！　役に立たないどころか、かえってわたしの邪魔ですもの！」

（同前）

と、宝玉をまったく押しのけた姿こそ詩社の極致であり、宝玉にとっても最良の時となる。詩社は大観園が宝玉の幻想に十分耐え得ることを立証したのである。

三

詩社には侍女たちが加われないという限界がある。しかし数の上から見れば侍女の方が圧倒的に多いのだし、自分が煙と化して風に吹き散らされるまで傍にいてほしいと願う時、宝玉は姉妹、侍女の区別を越えた少女全体を思い描く。それゆえ、姉妹とともに侍女のすべてをも加えた世界が築かれることを望む。それは世俗の上下関係をそのまま持ち込んでいる大観園に、少女ということだけを問う世界が築かれることを意味する。それでは姉妹と侍女が少女という共通項のもとで築く世界はどんな形でどの程度実現されたのか。

侍女は系列化されて受身の立場にあるので、姉妹の方から上下関係を取り払わねばならぬが、厚い信頼感がその突破口となる。

主人と主要な侍女

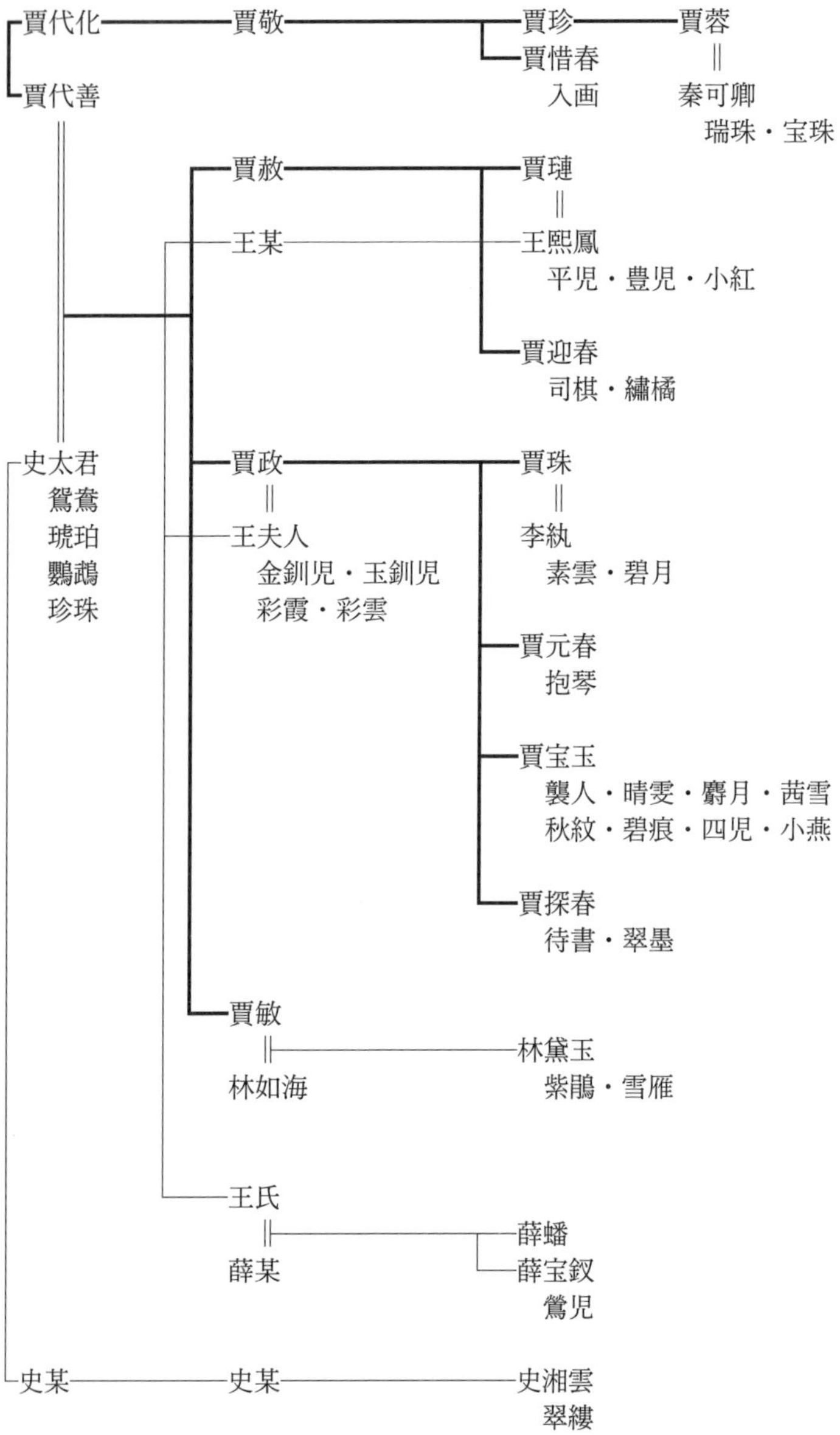
賈代化
賈代善
賈敬
賈珍
賈惜春
入画
賈蓉
秦可卿
瑞珠・宝珠
賈赦
王某
賈璉
王熙鳳
平児・豊児・小紅
賈迎春
司棋・繡橘
史太君
鴛鴦
琥珀
鸚鵡
珍珠
賈政
王夫人
金釧児・玉釧児
彩霞・彩雲
賈珠
李紈
素雲・碧月
賈元春
抱琴
賈宝玉
襲人・晴雯・麝月・茜雪
秋紋・碧痕・四児・小燕
賈探春
待書・翠墨
賈敏
林如海
林黛玉
紫鵑・雪雁
王氏
薛某
薛蟠
薛宝釵
鶯児
史某
史某
史湘雲
翠縷

李紈が言いました。

「大小を問わず何事にも天の理というものがあります。たとえば、おばあさまのお部屋にあの鴛鴦がいなかったら、どうしてやっていけましょう。奥さまを始めとして、誰もおばあさまに言い返す勇気などありませんが、現に彼女は堂々と言い返しています。それにおばあさまもあの子の意見だけはお聞き入れになりますしね。おばあさまのああしたお召し物について、他の者はきちんと覚えていませんが、あの子はすべて記憶しています。もしもあの子が管理していなかったら、人にどれだけ騙し取られたか分かりませんよ。あの子は気持ちも公平で、あのようでありながら、いつでも人のために親切な口をきいてあげ、権勢を笠に着て人を抑えつけるような真似はしません」。

惜春が笑いながら言いました。

「おばあさまは昨日もおっしゃっていましたわ。あの子はわたしたちよりずっとすぐれている、とね」。

平児が言いました。

「あちらはもとより素晴らしい人です。わたくしどもなど及びもつきません」。

宝玉が言いました。

「母上のお部屋の彩霞《さいか》は実直な子です」。

探春が言いました。

「そうですとも。外見は実直そのもの、しかも内心では万事心得ているのです。お義母《かあ》さまはあのように仏さまみたいなお方で、細かいことにこだわりませんが、あの子がすべて承知しています。あらゆる事柄について、あの子が意見を申し上げて、お義母さまがそれを実行されます。お父さまのご在宅、お出かけの際の様々な事柄についても、あの子はすべて承知しており、お義母さまがお忘れになっていると、こっそり申し上げます」。

李紈は「それもそうですけど」と言うと、宝玉を指さしながら言いました。

「この坊ちゃんのお部屋に、もしも襲人がいなかったならば、皆さん、どんな事態に立ち至ったとお思いですか？　鳳さんは楚の覇王（項羽）にほかならず、両腕で千斤の鼎《かなえ》を持ち上げることができますが、あの人にこのお供（平児）がいなかったら、ここまで万全にやれたでしょうか？」（第三十九回）

このうち平児について見ると、彼女が賈璉と煕鳳の夫婦喧嘩のとばっちりを受けた時（第四十四回）、李紈は彼女を自分の所に泊めているし、宝釵はなだめ諭し、また宝玉は自分の従兄夫婦の失態ということで彼女に謝るといった具合である。翌日の煕鳳に対する李紈の言葉（第四十五回）も温厚な彼女にしてはずいぶん手厳しいが、これも平児に対する信頼の厚さゆえと言えよう。

こうした信頼感、敬愛の念が上下関係よりも優先されるのが宝玉の誕生日で、宝琴、岫烟、そして平児も同じ日に生まれている。

襲人が言いました。

「二月十二日は林のお嬢さまです。どうして誰もいらっしゃらないことがございましょう。もっともうちのお方ではありませんが」。

探春は笑いながら言いました。

「わたしの記憶力はどうなっちゃったんでしょ！」

宝玉は笑いながら襲人を指さして言いました。

「彼女は黛ちゃんと同じ日なんだ。だから覚えているんだよ」。

探春は笑いながら言いました。

「なんとあなたたち二人は同じ日でしたの！　毎年お辞儀一つしてくれないのですね。平児さんの誕生日だって今日はじめて知ったばかりです」。

平児は笑いながら言いました。

「わたくしどもは取るに足りない人間です。誕生日だとて、おめでとうと言われる福もなければ、お祝いを受ける地位や身分もないのですから、騒ぎ立ててどうしましょう。おとなしくすませればいいのです。今日はあいにく彼女（襲人）が表沙汰にしてしまいましたので、お嬢さま方がお住まいに戻られた後、改めてご挨拶に伺わせていただきます」。

探春は笑いながら言いました。

「そんなことはいいの。それより今日はあなたのためにお誕生祝いをしなくっちゃ。でないとわたし、気がすみません」。

宝玉も湘雲も口をそろえて言いました。

「そうですとも」。(第六十二回)

この時、おばあさまや王夫人は太妃の葬儀に赴いており、宝玉の誕生祝いは祖母や父母抜き(賈政は任地)で行われた。もしおばあさまたちがいれば、当然そちらが中心になるから、平児が主賓となったり侍女たちがテーブルを囲んだりするはずもない。もちろん宴席の主役は姉妹たちが取るかも知れないし、実際、湘雲が大活躍したわけだが、主役端役の振り分けは問題にならない。むしろ聯句の会と同じく、この祝宴にも一つの安定感が見出されることに注目すべきであろう。一人一人座席を紹介されて各テーブルで小さな輪を作り、さらに全体としての大きな拡がりを見せる。そして姉妹と侍女とを隔てないためには雅俗共賞こそが大切で、香菱ですら難儀する上に「活気がなくて退屈」(湘雲評)な射覆《せきふ》(ある文字に関連する別の文字を当てる遊び)は敬遠され気味で、拇戦《ぼせん》(二人同時に指を出しながらそれぞれ数を言い、出した指の合計本数が口にした数と一致した方を勝ちとする遊び)の方が歓迎されて、宴の雰囲気を盛り上げる。

一同はおばあさまや王夫人が留守で拘束されないことから、気ままに楽しみ、「三」だ「四」だと声をあげ、「七」だ「八」だと叫びます。広間一面に紅《くれない》は飛び翠《みどり》は舞い、玉は動き珠は揺れる

といった具合で、本当ににぎやかです。（同前）

侍女たちは姉妹たちとともに、宝玉の目の前で、少女として世界を築いてみせる。さらにこの夜、宝玉が住む怡紅院では、襲人、晴雯、麝月《じゃげつ》、秋紋《しゅうもん》、芳官《ほうかん》、碧痕《へきこん》、小燕《しょうえん》（春燕）、四児《しじ》の八人が内輪でお祝いするが、「花占い」をするには人数が足りないので、

小燕が笑いながら言いました。

「こっそり宝《ほう》お嬢さまと林のお嬢さまに遊びに来てくださるようお願いに上がってはいかがでしょう。二更まで遊び、それから休んでも遅くはありませんわ」。

襲人は言いました。

「またガタゴトいわせて夜回りの人に出くわしたりしてもねえ」。

宝玉は言いました。

「平気だよ。うちの三のお嬢さん（探春）も行ける口だから、あちらにも声をかけなくてはね。それと琴お嬢さん（宝琴）だ」。

皆は言いました。

「琴お嬢さまはダメですわ。あちらは上の若奥さま（李紈）のお宅ですもの。あまりに騒ぎすぎることになります」。

宝玉は言いました。

「平気だよ。あんたたち、早くお願いに行っておいで」。

小燕と四児は、待ってましたとばかりに急いで門を開けさせ、手分けしてお願いに上がります。晴雯、麝月、襲人の三人は言いました。

「あの二人がお願いに上がっても、宝、林のお二人とも応じてはくださるまい、自分たちが出向いて、どうあってもお連れしなくては」。

そこで襲人と晴雯は急いでばあやに灯籠を持たせて出かけます。案の定、宝釵は「夜も更けたから」と言い、黛玉は「体の具合が好くないから」と言います。二人は再三にわたって懇願しました。「とにかくわたくしどもの顔を少しでも立ててくださいませ。ちょっとおつき合いいただけば、それでよろしうございますから」。

探春の方は大喜びですが、李紈を誘わずにいて、後で知れたらまずいと考え、小燕に翠墨《すいぼく》（探春の侍女）を付け、李紈と宝琴に一緒に顔を出すよう何度も勧めさせたので、相前後して怡紅院にやって来ます。襲人はまた有無を言わさず香菱を引っ張って来ます。炕《オンドル》の上にテーブルを一つ継ぎ足して、ようやくちゃんと座れるようになります。（第六十三回）

十七人が輪になってサイコロを振り、湘雲が九点出せば、「湘雲→宝玉→襲人→芳官→秋紋→小燕→碧痕→四児→晴雯→麝月」、香菱が六点出せば、「香菱→翠墨→宝琴→探春→宝釵→李紈→黛玉」などと、皆が一様に胸ときめかせつつ数えていき、当たった者が籤を引いて、その内容に笑ったり当惑したりする光景はまさしく雅俗共賞だし、日中と違って小燕や四児など、より下位の侍女や役者上がりの芳官が輪の中にいることは少女の厚みを増す。

黛玉その人から、詩社の結成、さらに誕生祝いと、大観園は幻想の根拠たるにふさわしく、少女たちがただ少女として築く世界を成立させる。黛玉が中心となり、その周囲に姉妹たち、さらに侍女たちがすべて加わる――宝玉の確信は揺るがない。しかし、彼が侍女たちもまた姉妹たちとともに、ただ少女として大観園に存在し得ると信じ、園を自らの幻想の根拠として絶対化しようとも、侍女たちの方は宝玉なればこそ問わないですんだ現実の関係（血縁や主従など）から、じつは少しも自由でなかった。むしろ彼女たちの少女としての申し分のなさは、侍女としての申し分のなさにぴったり重なり合う。鴛鴦、平児、彩霞、襲人――少女世界なるものが崩壊したとしても、彼女たちは自分を何ら損なうことなく、申し分のない侍女として存在し続けるだろう。彼女たちの行動は、性格の良さ、思慮の深さ、仕事への熱意などを武器に獲得した地位の枠を出ない。しかも大観園には鴛鴦や平児のような一流の侍女を目指し、そのために現実の関係に活路を見出そうとする侍女たちが多数存在する。それは春燕や四児、芳官と同等もしくはそれ以下の侍女たちで、その上昇志向が自分の背負った現実の関係を有効なバネに転化しようともがくのは宿命的と言ってもよい。そこに際限のない明争暗闘が生まれる。宝玉は侍女たちに肩入れするが、それは彼女たちを自らの幻想にふさわしい存在とみなすから、すべてを許すに過ぎない。彼は侍女たちをただ少女として自分の方に引き寄せるだけで、自分の方から彼女たちの現実に歩み寄ろうとはしない。だからこそ大観園が新たに世俗の論理で秩序づけられた時、彼の幻想は一挙に崩壊する。

四

賈家の人間関係に初めて亀裂が生じたのは、賈赦が鴛鴦を側室に所望した事件であり（第四十六回）、それまで賈政の側室で、探春の実の母である側室の趙《ちょう》氏、ならびに探春の実の弟である賈環《かかん》を除いては、正面から指摘されなかった人格的欠陥が露出する。この結果、賈赦と邢夫人がはっきりと舞台の脇へ押しやられたことは、詩社での迎春（賈赦の庶出の娘）の存在感の薄さと結びつく。この事件が主人同士の亀裂とすれば、流産した熙鳳の後を受けた探春に対する召使の態度は、主人と召使との亀裂を見せつける。

呉新登《ごしんとう》のかみさんが入って来て報告しました。

「趙《ちょう》のお部屋さんの弟の趙国基《ちょうこくき》が昨日亡くなりました。昨日奥さまに申し上げたところ、分かったからお嬢さまと若奥さまに報告せよとの仰せでした」。

言い終わるとかしこまって立ち、それきり黙ります。このとき大勢の者が報告に来合わせていましたが、みな二人の取りさばきやいかに、と聞き入ります。もしも適切に処理すれば恐れ入るものの、ちょっとでも行き届かぬ所があれば、敬服しないぐらいではすまさず、二の門を出たらたっぷり笑い話をこしらえて笑いものにしてやろうという魂胆です。呉新登のかみさんにしても腹に一物あるわけで、これが熙鳳の前だったらとっくに忠勤に励んで多くの案を出し、先例も調べ上げて熙鳳の裁断に委ねるところですが、李紈はおとなしいし、探春は年若いお嬢さんじゃないかと軽く見て、それゆえこの一言だけ口にし、二人の考えを探ってやろうというのでした。（第五十五回）

ここに見られる駆け引きはごくありふれているし、それ自体の是非を問うことなど無意味だが、この時期になって表面化したことは見逃せない。またこの事件を知った熙鳳が平児に対して、これまでの自分のやり方は強引で、「虎に跨ったというところ」だとか、それに対する召使たちの恨みはもはや、「わたしたち二人の四つの目、二つの心では咄嗟に防ぎきれない」などと本音を漏らすのも印象的である。

賈探春

主人同士、主人と召使相互のこうした亀裂に続くのは、言うまでもなく召使同士の亀裂で、それは芳官を始めとする少女役者たちが大観園に入ったことをきっかけとする。彼女たちの好き勝手な振舞はたしかに刺激的だが、大勢の人間が一気に入って来たこと自体が、すでに園内をごたつかせていることも見落とせない（第五十八回）。趙氏が怡紅院に乗り込んで芳官をひっぱたくと、趙のお部屋さんにくっついて来た連中は外でこの様子を聞くと、みな胸がスーッとして、「今日という日がありました」と念仏を唱えます。恨みを抱いていたばあやたちも芳官が打たれたのを見て、みな思いを遂げたというところです。(第六十回)

しかし、こうした連中のおもしろからぬ対象は、なにも芳官やその仲間たちだけに限られず、襲人や晴雯だとてそれを免れてはいない(第五十九回)。もちろん、彼女たちが抱く嫉妬や怨恨は、大観園に入る以前に、襲人が宝玉を、

「いつもお諫めしているではありませんか！　わたくしどものせいで人から恨みを買ってはなりません、と。あなたさまはその場のことだけ考えてわたくしどものためにあのようになさいますが、あの人たちはすべてしっかり心に刻み込み、ここぞという時に、あることないこと言いふらしますから、みんなうんざりなんです」。(第二十回)

とたしなめたことに通じ、決して特別な感情ではない。ただその嫉妬や怨恨が噴出する背景として、ばあやたちの分担による園内の土地や草木の管理が浮かぶ。こうした措置は「いまでは草一本すら余計に抜くことはできなくなりました」(第六十二回)ことを意味する。しかも人格的にすぐれた者に任せるはずだったのに、春燕の言葉を借りれば「お金に首ったけ」(第五十九回)の連中まで含まれる。わずかな

利益も見逃すまいと目を光らせる人間が縄張り意識を持つのは当然で、大観園は金儲けの場という性格を押しつけられる。ばあやたちにしてみれば、園内でいい暮らしをする侍女たちは羨望の的だし、収入源に好き勝手に手をつけたがる憎むべき存在とも言える。草花をあくまで草花として愛でる少女なればこそ、宝玉が襲人、晴雯はもちろんのこと、芳官の気ままさまでも許すのに対し、草花になにがしかの利益を見てしまうばあやたちは、芳官どころか、襲人、晴雯に至るまで容赦しない。ばあやたちの考えは宝玉の幻想と相容れず、侍女たちとばあやたちの争いという形で再三火花を散らす。芳官とその義母あるいは趙氏、春燕とその母の諍いや、日ごろ温厚な鶯児《おうじ》（宝釵の侍女）が春燕のおばに発した憤りなどは、宝玉の幻想を頼もしいほどに見事に支えてみせる。彼は春燕に言う――「大丈夫、わたしがいるからね」（第五十九回）。

しかし、趙氏と芳官たちの派手な喧嘩によって鬱積していたものがドッと吐き出され、一つのヤマを越えた後、事態はさらに複雑化する。宝玉は、

「女の子は嫁ぐ前は値段のつけられない宝珠なのに、嫁いでしまうと、どういうわけかすぐに多くの欠点をさらけ出すようになり、珠は珠でも輝きをなくした死んだ珠だ。もっと年を取るとさらに変わって、珠ではなく魚の目玉になり下がる。たしかに同じ人間なのに、どうして三通りの姿になるのだろう」。（第五十九回）

と嘆くが、少女ということを絶対視する彼には解きほぐし難いとしても、侍女とばあやの癒着は現実に深く根を下ろした人間の、その限りにおける手強さを見せつけながら存在し、しかも大観園をめぐって一層強められる。宝玉には興味のないことだろうが、大観園に入ることは侍女にとっても、またばあやにとっても切実な問題で、前者が姉妹（宝玉も含む）付きになることと、後者が草木の管理や使い走りの仕事にありつくこととは、それが自分自身の、さらに身近な人々の生活を楽にするという点から見れば何一つ異ならない。怡紅院に入ることを待ち望む柳五児《りゅうごじ》は芳官に語る。

「そう言われても、わたしはせっかちだから待ちきれません。この機会に選ばれたら、一つは母さんのために気を吐いたことになって、母さんもわたしを生んだ甲斐があるというものです。二つには月々のお手当が加わって、家計にもゆとりが出ます。三つにはわたしも気が晴れて、たぶん病気もすぐに好くなることでしょう。たとえお医者さまにかかってお薬を飲んだとしても、家のお金を使わずにすみます」。（第六十回）

宝玉は少女であることだけを問おうとするが、柳五児にすればその背後に色濃く影を落とす現実の方がはるかに重い。そして一人柳五児のみならず、園外の侍女たちが自分の希望や周囲の期待に基づき、あれこれ手蔓を求めて何とか大観園に入ろうとするのは当然だし、またそのこと自体の是非など問えない。しかし、侍女であれ、ばあやであれ、大観園に入ることで生活の安定をもくろむ限り、地位の確保をめぐる利害関係を避けて通れない。地上の特権は常にそうした関係の上に成り立つからだ。大観園もまた一つの手ごろな場所としか見ない意識は、大観園を少女の世界と規定する幻想とは本質的に無縁である。侍女たち自身も地位確保の条件となるという点を除けば、少女ということを特別に意識しない。彼女たちが宝玉の幻想を自らの幻想とすることなどあり得ない。

柳五児の橋渡し役をする芳官とは反対に、司棋《しき》（迎春の筆頭侍女）は柳五児の母親を追い出し、その後釜に自分の叔母を送り込もうとして失敗するが（第六十二回）、現実の関係に引きずられて画策、奔走する彼女たちは、周囲と無用の摩擦を生じないように心がける鴛鴦や平児などに比べると、いかにも危うく感じられる。それでも宝玉の幻想はすべての侍女を組み込もうとしてやまない。前章で取り上げた宝玉たちの誕生祝いは、柳五児の母親を追い出すたくらみが潰えた後に、ようやくめぐって来るのである。

五

これまでたどって来たような人間関係の亀裂は、宝玉たちの誕生日を過ぎるとさらに深刻化する。渦巻く嫉妬や怨恨は派手な口喧嘩などで発散されず、逆に心の奥深く沈み込み、相手を死に至らしめずにはおかぬ執念に凝縮していく。対立関係は必ず清算されねばならぬ——熙鳳が尤二姐を自殺に追いやってその不吉な幕が開く（第六十八、六十九回）。個人的な怨念の深まりとともに、主人同士、主人と召使、召使同士の様々な亀裂が上から下まで分かち難く結びついていく情況も見逃せない。そこでは熙鳳すら決して一方的な勝利者ではない（本書一二一頁）。

亀裂の重なりが憎悪を深める中で、侍女とばあやの対立もまた他の亀裂と絡み合いながら決定的段階を迎える。侍女たちに警戒の目が向けられる直接の原因は大人向けの香袋《においぶくろ》の発見（第七十三回）だが、それに先立つ賭博の摘発も見逃せない。おばあさまは姉妹たちの取りなしを固く拒み、迎春の乳母に至るまで厳しく処分した。おばあさまの断固たる態度は園内の空気を緊張させる。それゆえ香袋の発見では、「この機会を利用して、大きくなった者、文句ばかり言う者については、落ち度を口実に追い出して嫁にやってしまいましょう。一つには新たな事件が起きるのを防ぐことができますし、二つにはいささか掛かりを省くことができます」（第七十四回）という一層厳しい対応は避けられない。ただ、提案者の熙鳳がどこまで本気だったかはいささか疑問だが。

しかし、熙鳳の内心がどうであれ、内偵の対象が大観園の侍女である以上、彼女たちに恨みを抱く者にとっては絶好の機会となる。邢夫人の「耳目」である王善保《おうぜんほ》のかみさんの讒言により、内偵はぜひともやるべき重大事となる。大観園に対して不審の眼差しが向けられる中で、侍女とばあやの対立は後者に優位に傾いていく。最初に槍玉にあげられた晴雯について、王夫人は、

「前回わたしがおばあさまのお供をして園に遊びに行った時、くびれた腰、なで肩、すらりとした眉や目の持ち主で、林の妹さん（黛玉）に似ている者が、そこで小さい子を叱りつけているところでした。わたしは内心その軽はずみな調子が気に入らなかったものの、おばあさまのお供をして

いたので口にはしませんでした。後から誰なのか問い質すつもりでいたのですが、あいにく忘れてしまいました。いまピンと来たわ。そのお付きの子はきっとあの子なんでしょう」。（第七十四回）

と推測する。煕鳳は、

「これらのお付きの子たちを総じて比べてみると、晴雯より器量の好い者はいないでしょう。挙止や言葉遣いとなると、彼女にはもとよりいささか軽はずみな所があります。いま奥さまがおっしゃったのはたしかに彼女のようですが、わたくしはその日のことを忘れてしまったので、いい加減なことを申し上げるのは差し控えます」。（同前）

と答え、できればうやむやにしたいようだが、それも王善保のかみさんの「いますぐ呼んで奥さまにお確かめいただけば簡単でございます」という一言で吹き飛んでしまう。晴雯の呼び出しに成功した王善保のかみさんは、晴雯を見て一段と深まった王夫人の怒りに乗じ、内偵以上に厳しくやろうともくろむ。これに対して煕鳳はなすすべがない。私怨を晴らそうとする王善保のかみさんの腹は読めていようし、性急な捜索がろくな結果をもたらさないことも、長年にわたって人の上に立ってきた彼女なら見抜けよう。にもかかわらず、王善保のかみさんを退けきれなかったのは、後ろに控える邢夫人のせいである。邢夫人に人前で恥までかかされている煕鳳としては口を噤まざるを得ない。

さて、捜索そのものは王善保のかみさんの外孫娘に当たる司棋が持っていた従弟潘又安《はんゆうあん》の手紙を最大の収穫とし、おまけにその最中には探春、翌日には邢夫人から打たれるなど、王善保のかみさんにとっては散々な結果に終わる。ただ、王夫人が警戒心を強めたのは確かで、それゆえ侍女たちに対する悪口雑言が簡単に取り上げられてしまう。王夫人は直接怡紅院に乗り込んで芳官や四児を追い出すが、それによって宝玉は、大観園は少女の世界という幻想の現実性の無さを思い知らされる（第七十七回）。芳官たちの行動は、現実の関係を利用することを意識するという点で、襲人の「元来ここ一、二年、王夫人が自分を重んじてくれるので、いっそうわが身を大切にし、およそ人のいない所で、あるいは夜分に宝玉とは決してふざけたりせず、そこで小さいころよりもかえってよそよそしくなっていました」（同前）という態度と裏表の関係にあるだろう。もちろん宝玉にとっては裏か表かなど、どうでもいいことだ。それが一方は葬り去られ、一方はお覚えめでたく生き残る。侍女としてあるべき姿が強制され、少女ということは度外視される。

王夫人はそこでまた襲人や麝月らに命じました。

「おまえたちも気をつけなさい！　今後また少しでも本分に安んじないことがあったら、何であれ許しませんからね。人に調べてもらったら、今年は引っ越しによろしからずということなので、とりあえず今年はこのままに先送りにしますが、来年になったらわたしのために元通り（宝玉を）外に移してスッキリさせてもらいます」。

言い終わると、お茶も飲まず、人々を引き連れて別の場所へ人改めに出向きます。（第七十七回）

これだけでも宝玉の幻想は確実に揺らいでしまうが、彼にとって衝撃だったのは晴雯の追放である。晴雯は現実の関係を利用せず、またそれに怯えもしない。そんな制約など完全に無視している。他の侍女たちは姉妹たちの側から上下関係を取り払われるのだが、晴雯はまったく異なる。

宝玉は晴雯と麝月が〔襲人の夜具や化粧道具を〕きちんと案配するのを見ています。〔実家に帰った襲人に〕必要な品々を送り出すと、晴雯と麝月は寝《やす》む支度を整えて裙《スカート》や襖《うわぎ》を脱ぎますが、晴雯はひたすら熏籠《くんろう》（火鉢の上に箱形の覆いをかぶせたもの）にへばりついて座り込んだままです。麝月が笑いながら言いました。

「あなたも今日はお嬢さまを気取らずに、少しは動いてよ」。

「あんたたちがみんないなくなってから、わたしが動けばいいじゃない。あんたたちがいる間は楽をさせてもらいます」。

「おねえさま、わたしは床《とこ》を延べますから、あなたは姿見の覆いを下ろして、上の留め金を動かしてくださいな。あなたの方がわたしより背が高いんですもの」。

麝月はそう言うと、宝玉のために床を延べに行きます。晴雯は「あーあ」と一声あげると、笑いながら言いました。

「人がようやく座って暖まったというのに、あんたったらすぐ邪魔しに来るんだから」。(第五十一回)

というふてぶてしさも、病気の身でありながら忠告にも耳を貸さず、命がけで雀金裘《じゃくきんきゅう》を繕って全精力を使い果たす彼女の姿(本書二四頁)と考え合わせるなら、いかにも侍女らしく宝玉の傍にいることを拒否する態度の表れだと言えよう。「あなたさまは毎日この人から二言は毒づかれないとやっていけないのですね」(第六十三回)という襲人の冷やかしは、晴雯が侍女として諌めるのを通り越して、宝玉と対等に振る舞うことを物語る。非公式ながらも側室の待遇を受け、それを絶えず気にする襲人を念頭に置いて晴雯の無念の思いに触れるならば(本書一五一頁)、彼女が自力で上下関係を超越し、ただ少女として大観園に存在したことは一層明らかになる。だからこそ宝玉も、「わたしには晴雯がどんな途方もない大罪を犯したのか見当もつかないんだ!」(第七十七回)と慟哭してやまない。晴雯を守れない大観園は幻想の根拠たる資格を失い、またそんな大観園に生き残る以上、侍女たちが幻想を支えてみせることもあり得ない。むしろ晴雯が芙蓉の花神になるという報告(第七十八回)に宝玉は希望を見出す。

どのような形にせよ、少女たちが大観園を去ること自体が宝玉の幻想を揺るがす以上、姉妹たちとて決して安泰ではない。迎春と香菱が園を去ることへの彼の嘆きは深いが(第七十九回)、宝釵の場合はもっと衝撃的である(第七十八回)。前の二人がやむを得ず去ったのに対し、宝釵は自分の意志で出て行ったからだ。残った者も探春は園内の捜索が行われたせいで、惜春は兄嫁の尤氏と仲違いしたせいで

（第七十四回）、詩社を発起した頃の余裕を失っている。黛玉と湘雲だけが中秋節にかろうじて聯句をこしらえるが、それとて「凹晶館《おうしょうかん》に詩《し》を聯《つら》ねて寂寞《せきばく》を悲《かな》しむ」（第七十六回）であり、蘆雪庵での「即景聯句」とはあまりにも対照的である（周囲の暗さ、人数の少なさ、競り合いの無さ）。そして少女たちの無念の思い、不幸な運命のすべてを呑み込んで精神的に切り崩された時、宝玉は大観園という根拠を完全に失う。

夢の中でなお晴雯を呼んだり、魔物を怖がったり、あれやこれやで安らぎません。翌日には食欲がなくなり、熱も出ます。これはすべて先ごろ起こった大観園の持ち物改めや司棋の追放、迎春との別れ、晴雯への悲しみなどから来る羞恥、驚愕、恐怖、傷心がもたらしたもので、おまけに風邪を引き込んだため、それらが下地になって発病し、寝込んでしまったのです。（第七十九回）

宝玉に残されたのは黛玉その人だけで、彼女がいなくなってしまえば彼の存在理由はまったく失われ、塵縁尽きて天上世界へ帰って行くことになる。

六

宝玉の幻想と現実の少女たちとは本質的に無縁なようだ。宝玉が晴雯を悼んで作った「芙蓉女児誄」の一節、「紅い綃《うすぎぬ》の帳《とばり》の中で、公子《わたくし》はどれほど情が深かったか。黄色い土の壟《おか》の下で、女児《あなた》はいかに薄命であったか」について、黛玉が、「銀紅色《うすべに》の紗の窓辺に、公子《わたくし》はどれほど情が深かったか」に言い換えることを提案し、さらに議論を経て、宝玉が、「銀紅色《うすべに》の紗の窓辺に、わたくしはもともと縁無き身であったかと。黄色い土の壟《おか》の下で、卿《あなた》はいかに薄命であったかと」というように改めたことは、その意味で象徴的である。（第七十九回）

宝玉の幻想は「天賦の性格＝痴」として少女たちのあり方に関わりなくあらかじめ確立しているし、少女たちの方も、黛玉や晴雯ですら、彼の幻想を取り込もうなどとは意識しない。宝玉の満足は目の前の少女たちに幻想の実現を見たため、逆に悲嘆はその崩壊に接したためにほかならず、幻想そのものはどんな相対性にも曝されずにすんでいる。いわば現実に根を持たない。したがって変容を蒙らない宝玉の幻想については、その内容が何かではなく、それが現実とどんな関係を結んでいくかに興味が絞られる。

自身ではなく、その関係性――これはそもそも『紅楼夢』の基本的特徴で、その人物描写には高い評価が与えられているが、これとて多数の登場人物の有機的配置という前提があればこそである。個人の内面をじっくり追う（心理描写）よりも、日々生じる事柄が強いる他者との関わりの中でその人物の既定の性格がどのように発揮されるかの描写（会話や行動）に重点が置かれる。たとえば宝玉と黛玉の慕情にしても、「心の中で」と内面に踏み込みながら、最後は次のように結んで話を進めていく。

このような思いは二人が日ごろからひそかに抱いているものであり、つぶさに述べるのは容易で

はありません。いまはただ彼らの外見だけ述べることにします。（第二十九回）

附言すれば、いわゆる「心理描写」は、むしろ詩を中心とする伝統的な韻文の形式を用いて行われたと言えるかも知れない。「葬花詩」、「秋窓風雨の夕」、「芙蓉女児誄」などを思い起こせばいいだろう。宝玉にしても彼一人を取り出したところで、奇妙な幻想を抱く少年という以上に描きようはない。つまり一人きりでは物語を展開できない。天賦の幻想そのものにはどんな変化も生じない――矛盾のない固定した幻想は絶対的だが、内部生命を失って硬直している。「黛玉↓姉妹↓侍女」という過程も、幻想がより広範に実現していく、つまり新たな関係を次々に結んでいくことに意義があるわけで、幻想そのものに則して見れば、彼女たちはその外皮となったに過ぎず、剝ぎ取られてしまえばそれまでなのだ。広範に実現していくことがもたらす質的変化の契機（幻想の再構成を迫るような要素、たとえば侍女が置かれた現実）を意識するようなことはない。

＊

主人公としての宝玉の役割は何かという問題を考える際には、先行する二つの大長篇小説――『水滸伝』と『金瓶梅』――の主人公との関連を押さえておく必要があるだろう。なぜなら、十四世紀中頃に成立した『水滸伝』、十六世紀末の『金瓶梅』、そして『紅楼夢』は、それぞれ第一級の作品として自立しながら、しかも非常に深い繋がりを保っているからである。

『金瓶梅』の冒頭には、『水滸伝』の西門慶《せいもんけい》と潘金蓮《はんきんれん》の密通のエピソードが利用されている。『水滸伝』では二人ともあっさり殺されてしまうが、『金瓶梅』ではうまく生き延びる。この逆転は、「もしも西門慶が殺されなかったら」という単純な発想以上のものを含んでいよう。

『水滸伝』の場合、人間関係という厄介な代物は英雄の力によって至極すっきりさせられてしまう。金や女、権力に絡む欲望は彼らの一撃で打ち砕かれ、のさばることを許されない。やり口の汚い人間が葬られる爽快感はたしかに『水滸伝』の大きな魅力であり、裏表のない世界への志向が、複雑な関係に支配された不透明な現実に対して革命的様相を帯びることは言うまでもない。宋江《そうこう》をリーダーとする梁山泊《りょうざんぱく》の英雄たちは文字通り血みどろになりながら、自らに悪戦を強いる関係を断ち切っていった。しかし同時に、梁山泊内部の人間関係が平凡で変化に乏しい理由もまた、「天に替わって道を行う」ことを旗印とする英雄たちの、道に外れた行為に対する容赦の無さにある。それは『水滸伝』が残した大きな課題である。

宋江なら義理人情、西門慶なら欲望というように、二人は人間が持つ様々な側面の一つを徹底的に強調することによって物語の主人公となり、作品全体の統一を保っている。だが強調された側面の相違がもたらした結果はまったく対照的である。あくまで自らの良心なり義侠心なりに忠実であることによって高い道徳性を保持し、権力をねじ伏せてきた『水滸伝』の英雄たちは、結局宋江に押し切られて、朝廷への「忠義」という外的な規範を受け入れざるを得なかった。

西門慶の欲望も、周囲の人間の犠牲や服従によってはじめて満たされる。むしろ誰もが進んで彼の言いなりになろうとする。しかし西門慶への服従は周囲の人間が自分自身を表現する出発点となった。彼らは巧みな手口で西門慶を操りながら、思い通りに事を運んでいく。

『水滸伝』を意識した『金瓶梅』が、ある特定の規範や強制力の言いなりになるように見えながら、かえってそれを踏み台にしていく様々な人間の姿を、理想と対置する格好で取り上げたことの意味こそよく考えてみなければならない。人間の営みの多様さ、それもマイナス方向の多様さを描ききることに徹した『金瓶梅』の世界は、そうやすやすと克服できるものではない。

主人公がある一定の型に嵌められて変化しないという特徴は、『紅楼夢』の賈宝玉についても同様である。少女こそ最高の存在だという考えに固執する彼は、宋江や西門慶と大して違わない位置にいる。ただ、宝玉の考えは周囲の人間にとって結論にも出発点にもならなかった。目の前で繰り広げられる少女たちの世界をどうとらえるかという彼の内面の問題に終始したからにほかならない。良きにつけ悪しきにつけ、宝玉は「役立たず」とみなされており、現実的有効性をいささかも持たなかった。

しかしそれゆえに、宝玉は関係の総体、すなわち自分の生きている世界そのものを見つめる視点を獲得した。数多くの少女たちに取り巻かれ、傍から見れば彼が中心に位置するように見える世界から、じつは弾き出されているという自己意識を持ち続ける主人公であったためだ。この点こそが、『紅楼夢』と『金瓶梅』の決定的な相違だと言えるだろう。

むろんそれはあくまで相違であり、このことからただちに両者の優劣がつけられるわけではない。重要なのは、『紅楼夢』が『金瓶梅』と一種の緊張関係を伴いながら、新たな課題を生み出したことである。

現実の秩序の中で独自の考えを保ち続けることは、まわりから「いかれた坊ちゃん」とみなされた宝玉のように、内面の一貫性を「美しく」全うすればそれですむのだろうか？　それでは個々の関係にお誂え向きに対応することと結局同じになりはしないか？　そうした問いかけが次になされるのは必然的だが、十八世紀中葉以降、今日に至るまで、中国の文学作品や文学運動はどのように答えようとしたのか——これはきわめて興味深い問題である。

第三節　賈家の人々——位置《ポジショニング》どりの妙

どんな思想や趣味を持っている人であれ、家族や社会といった集団の一員として日常生活を営むことに変わりはない。親子や主従といった様々な人間関係が、「多かれ少なかれ互いに依存し合い、同時に多かれ少なかれ自律的である人間、すなわち、自ら制御しながらも互いに関連し合っている人間の多様性」（ノルベルト・エリアス『宮廷社会』、法政大学出版局、一九八一年、四七頁）を表現するのであれば、こうした「平凡な」側面に注目することも必要だろう。この節では、『紅楼夢』のエピソードを取り上げることによって、大家族という「依存関係の網目組織」（同前）について考えてみたい。

一

賈宝玉の反礼教的発想を抜きにして『紅楼夢』を語ることはできない。

もともと天が万物の霊として人間をお作りになった時、およそ山川日月の精髄はすべて女の子に集まり、むさ苦しい男はカスやアブクにすぎないのだ。（第二十回）

こうした発想に基づいて、宝玉を封建体制に対する叛逆者とみなすことは決して間違いではないだろう。だがたとえ宝玉の批判が皇帝を頂点に据えた権力機構を刺激するにしても、そこから翻って彼を現実の権力と直接対決するヒーローのように扱うとすれば、それはあまりにも短絡的である。そのような操作は権力なるものを一元化あるいは単純化するだけだし、宝玉の方は、弱々しいパンチをペタペタと繰り出す機械仕掛けの人形として戯画化されるのがオチである。宝玉の特異な思考様式が周囲に及ぼす波紋は、たとえば、おばあさまが甄《しん》家の使いの者に向かって、

「わたしたちがいま同じように人を遣わしてそちらの宝玉さんにお目通りさせ、もしもその手を取るようなことがあったとすれば、そちらの宝玉さんもきっと懸命に辛抱なさることでしょう。そちらやこちらのような家の子供たちは、たとえどんなに風変わりな欠点があったとしても、お客さ

まにお目にかかった時には、必ずきちんとした応対をするものです。もしその子にきちんとした応対ができないのであれば、その子の変わった振舞も断じて許すわけにはいきません。大人たちが溺愛するのは、その子が一つには人が愛さずにはいられないほど可愛らしく生まれついたからですし、いま一つにはお客さまに接する礼儀作法が大人たちのやり方をも凌ぐほどにすばらしいため、たまらなく愛おしい気持ちにさせられるからにほかなりません。そこで陰では少しぐらいその子を甘やかしてやろうかという気になるのです。もしもその子が内と外の区別をまったく弁えず、大人たちと対等以上に振る舞えないのであれば、どんなに見てくれが立派だったとしても、きつくひっぱたいてやるべきなのですよ」。（第五十六回）

と言うように、あらかじめ公認された状況の中で処理されるし、彼自身もそれに異議を唱えるわけではない。宝玉は少女たちの笑いはしゃぐ姿に接すれば事足りたのであり、深刻な反省はすべてが失われた後にようやく訪れるものでしかなかった。だからこそ「夢」なのである。大観園が地上の太虚幻境であることは、

宝玉はこの場所（大観園の正殿）を目にすると、心にハッと感じるものがあり、記憶をたどり直していくと、どうもどこかで見たことがあるような気がするのですが、さていつのことだったか急には思い出せません。（第十七・十八回）

という一文によって明らかだろう。つまり神瑛侍者（宝玉）と仙女（少女）たちは二つの世界を同時に生きたのである。もちろんこの試みは、作品の冒頭で二人の仙人が、「かの浮世にはいささか楽しき事もあるにはあるがの、いついつまでも当てにできるものではないのじゃ」（第一回）と言うように、永遠に続けられるものではない。仙界では自他の区別に無頓着でいられる、単調な恒久平和が可能だとしても、地上では自他の区別に徹底的にこだわることによって束の間の安定が得られるに過ぎないからである。宝玉にはおしなべてすばらしい存在と映る少女たちも、身分や性格に応じて程度の違いはあるものの、一つの秩序をよりよく生き抜くための知恵や術策を身につけている。時には狡猾とさえ感じられる判断力が、仙界で培われた清浄無垢な本性と微妙にないまぜになったところに、決して飾り物ではない少女たちのたくましさがある。垢まみれの大人たちに負けず劣らず、彼女たちもまた秩序の網を巧みにくぐり抜け、そこではじめて洗練された女の子となったのである。その魅力は決して賛嘆すればそれですむほど単純ではない。

ところで、束の間の安定は必ず恒久平和を志向し、その安定を支える秩序をすぐれたものとして絶対化せずにはいられない。それはある特定のイデオロギーによって世界全体に睨みを利かせるばかりでなく、日常生活における言葉や態度に決まったスタイルを持たせることにも熱心である。その場に応じて「らしく」振る舞うことは、決してたんなる見せかけや虚偽ではない。お互いの関係性を再確認するために欠かせない形式なのである。国家規模の式典はさておくとして、賈家のレベルで考えても、秦可卿《しんかけい》の葬儀、元春の里帰り、宗祠の祭りなど、全員がほぼ一丸となって行動する例に事欠かない。しかしこれらの儀式においては、あらかじめ決められた所作が厳格に適用され、そこからはみ出ることはほとんど許されない。したがってその描写は客観的なものにならざるを得ないのである。たとえば秦可卿の葬儀では、葬儀万端を取り仕切る王熙鳳の颯爽とした活躍ぶりはともかく、亡くなった者への哀悼の礼について見れば、

ジャーンと鑼《どら》が鳴りわたり、あらゆる楽器がいっせいに演奏され始めるや、早くも円形のひじ掛け椅子が一脚運び込まれて霊前に置かれます。熙鳳はそれに腰掛けると、大声を上げて泣き出します。すると屋内屋外を問わず、男も女も、身分の上下に関わりなく、熙鳳の最初の一声を合図にして、全員がすかさず泣き声を張り上げるのでした。しばらくすると賈珍と尤氏が人を寄越してなだめさせ、そこで熙鳳もようやく泣き止みます。（第十四回）

と型通りだし、元春の里帰りにおいても、たとえ元春自身の涙やため息にどれほど深い意味がこめられていようとも、

礼儀（典礼担当）の太監が跪いて、御座に昇って礼を受けるよう願い出ると、両側の階段で音楽が奏でられます。礼儀の二人の太監が賈赦、賈政らを誘導して月台（正殿前の露天の平台）の下に整列させます。殿上の女官がお言葉を伝えて「免ず」と言うと、太監は賈赦らを引き連れて退出しま

す。また太監が栄国府の太君《おばあさま》および一族の女性たちを誘導して東の階段から月台に上って整列させると、女官が再びお言葉を伝えて「免ず」と言い、そこで退出します。（第十七・十八回）

といった儀礼こそが重要なのである。また宗祠の祭りに至っては、薛宝琴の目を借りて描写が行われ、

見れば賈家の人々は昭穆《しょうぼく》（ここでは祭祀の時に子孫が並ぶ順序）に分かれて立ち並びます。賈敬が祭りを司り、賈赦が介添えをつとめ、賈珍が爵《さかずき》を献じ、賈璉と賈琮《かそう》が帛《きぬ》を献じ、宝玉が香を捧げ、賈菖《かしょう》と賈菱《かりょう》が跪拝用の毛氈を敷き、香炉の世話をします。（中略）賈荇《かこう》や賈芷《かし》らは内儀門から順に列を作って立ち、正堂の廊下にまで及びます。〔廊下の〕手すりの外側に賈赦と賈政、内側に一族の女性たちという次第です。執事や小者はみな儀門の外にいます。料理が一品届くたびに、儀門まで運ばれ、賈荇や賈芷らがまずそれを受け取ると、順番に渡されて賈敬の手元に届きます。賈蓉は本家の嫡孫ですから、彼だけ一族の女性たちとともに手すりの内側にいます。賈敬が料理を捧げて賈蓉に渡すたびに、賈蓉は自分の妻に渡します。次いで熙鳳や尤氏ら諸人の手に渡り、お供えのテーブルの前まで来て、ようやく王夫人の手に渡ります。王夫人はおばあさまに渡し、おばあさまがはじめてテーブルに捧げ置きます。邢夫人はお供えのテーブルの西側にいて東に向いて立ち、おばあさまとともにお供えします。（第五十三回）

というように、人々の動きは淀みない。緊張感をともなうとはいえ、誰もが決められた手順に従って行動すればいいのである。

それに対して、日常のこまごました事柄、とりわけ会話の場面において展開は一定しておらず、相手との力関係の如何に応じてやりとりは無限に変化すると言っていい。昨日の受け答えが今日も通用するとは限らず、身分や立場が違えばおのずと別の答え方を編み出さねばならない。この対応を誤ると、最悪の場合には地位も名誉も失うことになりかねないのである。別にどうでもいいような無駄話においてこそ、自他の区別に最も敏感でなければならないと言えようか。遍在する権力を一つ一つ上手にあしらい、それをできるだけ有効に活用することは、賈家のような大家族の中で生きる人々にとっては自明の事柄である。本来無垢な少女たちと垢まみれの大人たちとが様々な形で結び合い、対立する複雑な様相――それが年中行事の消化を事とする家族生活の平凡な日常の中からあぶり出され、人間心理の微妙な色合いが、時には同系統の色紙を重ねるように、また時には反対色をばらまくようにして描き出されている。『紅楼夢』は幻想と現実のあわいに舞台を設定し、生々しくもあればまた妙にすがすがしくもある人々の姿をとらえていったのである。その細部にこだわりながら、論を進めてみたい。

二

一つの秩序が十分に機能するというのは、宗祠の祭りにおいて、捧げられる料理が次から次へと手渡しされる情景に喩えることができよう。それは決してたんなるバケツリレーではない。賈苻からおばあさままで、人々はみなそれぞれの地位に応じて共通の役割を担いつつ、料理を受け渡していくのである。料理がお供えのテーブルに近づいて行くさまは、大家族のピラミッド型階層構造を描き出す一本の線にも似ている。仕事とも言えぬこの仕事が、じつは族人としての自覚と誇りを再確認するという、精神的にも重要な側面を持っていることは改めて指摘するまでもあるまい。しかもここに生まれる連帯感は、儀門の外に控える執事や小者をもとらえて離さない。この連帯感が広がり行く範囲——それが賈家なのである。もちろん年に一度の荘重な儀式は、錯綜した事務をテキパキと片づけることに明け暮れる毎日の生活と裏表の関係にある。たとえば熙鳳が、

「うるさいんだから、もう！　次の日は十六日でしょ？　お正月も終わった、お節句も終わったとなれば、わたしは皆が慌ただしく道具をしまい込むのに立ち会うだけでてんてこ舞い、その先どうなったかなんて知るもんですか！」（第五十四回）

と言うように、賈家の一員という精神的な一体感は一瞬のことに留め置かれ、役割分担という差異の図式が人々を実質的に支配する。秦可卿の葬儀を取り仕切ることを引き受けた熙鳳は、まず寧国府の状態について、

「第一に、人がごちゃごちゃ入り乱れて、物を紛失する。第二に、仕事がきちんと割り当てられ

ていないため、いざという時に押しつけ合いをする。第三に、経費が必要以上にかさんで、請求はべらぼう、支払いはでたらめ。第四に、職務に大小の区別がなく、苦楽の釣り合いが取れていない。第五に、召使が好き勝手に振る舞って、大きな顔のできる人間は統制に服さず、そうでない者は昇進の見込みもない」。（第十三回）

と冷静に観察し、寧国府に乗り込むや、

「この二十人は二班に分かれ、一班十人構成で、毎日ただお客さまの案内とお茶の接待にのみ責任を持ち、他の仕事には手出し無用とします。この二十人も二班に分かれ、毎日ただ親戚の皆さんの食事にのみ責任を持ち、他の仕事には手出し無用とします。この四十人も二班に分かれ、もっぱらご霊前でお線香を上げお灯明の油を注ぎ足し、幔幕をかけて柩に付き添い、御飯やお茶を供え、ご遺族が声を上げて泣かれる時には付き従って泣き声を上げるようにして、他の仕事には関わり無しとします。この四人は奥の茶房（お茶の支度をする部屋）で杯や小皿、茶道具の管理に専念し、もし一品でも失くしたら、その四人に弁償してもらいます。この四人は酒器や食器の管理に専念し、一つでも失くしたら、やはりその四人に弁償してもらいます。この八人はお供物の管理に専念しなさい。この八人にはあちこちのお灯明の油や蠟燭、紙銭（死者のために燃やす冥器）の管理に専念してもらいますが、わたしの方からあんたたち八人にまとめて渡しますから、その後でわたしの決めた数に従ってそれぞれの場所に配りなさい。この三十人は毎日輪番で各所に宿直し、戸締まりに気をつけ、火の用心に気を配り、その場所を掃除するように。残りの者は建物ごとに分かれ、誰それはどこそこに責任を持つと決め、受け持った場所の机、椅子、骨董品から痰壷やホウキ、ハタキの類、草一本、苗一株に至るまで、失くしたりこわしたりしようものなら、そこの責任者に質して弁償してもらいます。来昇《らいしょう》のおかみさんは毎日、総責任者として点検して回り、怠けたり、賭事やお酒にうつつを抜かしたり、諍いを起こしたりする者がいたら、即刻わたしに報告するように。あんたが私情にとらわれ、それがわたしの手で明らかにされた時には、三代四代と続いた古顔の面子《メンツ》だろうと、かまっちゃいられませんからね」。（第十四回）

と、断固たる態度で臨んだ。ありふれた比喩だが、これはまさに巨大な歯車装置を思い起こさせる。ところで役割分担はたんに人と仕事との関係に限られるわけではない。人と人との関係にも、身分の上下や男女の違いなど、秩序によって貫かれた役割分担がある。ここではまず長幼の序における例を取り上げてみたい。その場合、上位の者が下位の者に対する態度には、頼《らい》ばあさんが宝玉に向かって、

「かつて旦那さま（賈政）がお小さいころ、あなたさまのおじいさまに打たれなさったのを、目にしなかった者などおりましょうか。旦那さまはお小さいころ、あなたさまのように「天も恐れぬ、地も怖がらぬ」といった風ではございませんでしたよ。それから上の旦那さま（賈赦）ですが、

悪戯《いたずら》っ子とは申せ、あなたさまのように家の中に引きこもったきりではなかったものの、やはり毎日のように打たれておいででした。それから東のお屋敷の珍兄さまのおじいさま、あの方こそ火に油を注いだようなご気性の持ち主で、いったんお怒りになると、どんなお子さまでも、賊をお取り調べになるように扱われたものでございます」。（第四十五回）

と語ったように、原則として絶対的暴力的な色彩が強く現れ、相手と自分の距離を測ることを怠らないといった微妙なバランス感覚とは無縁である。賈環に対して、

「兄弟というものはみな同じく父母の教えを受けるのだから、わたしの方からわざわざ余計な事をしでかし、かえって溝を深めたりすることはない。ましてこちらは嫡出、あちらは庶出となれば、たとえそういう気がこちらになくても陰であれこれ取り沙汰されるのだから、彼を抑えつけたりするなんてとんでもない話だ」。（第二十回）

という「バカな考え」を抱く宝玉は例外であり、そうした感覚はやはり下位の者が上位の者を犯さない、分を越えないという形でしか表現され得ないようだ。無論そのような振る舞いは常識であり、ほとんど無意識のうちに行われる。

上位の者を犯さないという規範は、上位の者の体面を汚さないという配慮となって現れる。まず親子

（おばあさまと賈政）の例を引いてみよう。

賈政は急いで愛想笑いを浮かべて言いました。

「本日はおばあさまの所でお正月の灯籠に優雅な謎々を書きつけてにぎやかに飾られたと承りましたゆえ、贈り物やご馳走を用意して、お仲間に加えていただこうとまいりました。どうして孫や孫娘を可愛がられるお気持ちを、いささかなりと息子にも恵んでくださらないのでしょうか」

おばあさまは笑いながら言いました。

「おまえがここにいると、この子たちは誰も気軽に口を開こうとせぬ。かえってわたしにつまらぬ思いをさせないでおくれ。おまえが謎当てをしたいというのであれば、わたしが問題を出すから当ててごらん。はずれたら罰しますよ」。

賈政は急いで笑いながら言いました。

「もちろん罰してくださいませ。もし当たった場合には、やはりご褒美を頂戴いたしとうございます」

おばあさまは「それは当然です」と言うと、こう唱えました。

「猴子身軽站樹梢（猴子《さる》は身も軽く樹梢《えだ》に站《た》つ）――ある果物の名前を」。

賈政は、答えは茘枝《れいし》だと分かりましたが、わざと違う名前を連発し、罰として多くの品物を出します。それからようやく正解を言って、おばあさまの品物もいただきます。

その後で今度はおばあさまに謎々を解いていただくことにし、こう唱えました。

「姿は四角で、体はコチコチ、ものは言えぬが、言葉があれば必ず応える——役に立つ品物を」。

言い終わると、こっそり答えを宝玉に告げます。宝玉は心得て、またこっそりおばあさまに告げます。おばあさまはちょっと考えてみますが、なるほどその通りなので、言いました。

「硯だね」。

賈政は笑いながら言いました。

「さすがはおばあさま、一度でお当てになられました」。（第二十二回）

正解のご褒美としてたくさんのしゃれた品物を贈られ、すっかりご機嫌になったおばあさまは、姉妹たちが作った謎々を当てるよう賈政に命じる。賈政がやすやすと解いたことは言うまでもない。

また、おばあさまと賈政のやりとりに先立って次のような一段がある。


そこへ不意に、「貴妃さまが人を遣わされて灯謎《とうめい》を送って寄越されました。皆さまに当ててみるように仰せられ、また当てたら今度はめいめい一つこしらえて差し出すようにとのお言葉でございます」という知らせがあります。（中略）小太監はまたお言葉を伝えて言いました。

「お嬢さま方にはお当てになりましても、お口に出さず、めいめいこっそりと紙にお書きください。取り揃えて封をして宮中に持ち帰った後、貴妃さまがご自分で合っているかどうかお確かめになりますので」。

宝釵らはそれを聞くと、近寄って見ます。七言絶句一首で、さして目新しいこともありません。それでも口では褒めないわけにもいかず、「分かりかねます」を繰り返し、わざと考え込んでみせますが、本当は見た瞬間に答えは分かっているのでした。宝玉、黛玉、湘雲、探春の四人もみな解き明かし、めいめいこっそりと時間をかけて書きます。賈環や賈蘭たちにも伝えられ、揃って知恵を絞って答えを出すと、紙に書きます。その後でめいめいある物を選んで謎々をこしらえ、恭《うやうや》しく楷書で書いて、灯籠に結びます。（同前）

さらに夜になって各自の謎々に対する貴妃の答えが伝えられると、当たり外れにおかまいなく、誰もが正解だと返事をした。貴妃という身分に関わる対応の仕方であるが、おばあさまに対する賈政のそれと合わせて考えることができるだろう。

また次のようなエピソードも類似の例として考えられようか。

まもなく鴛鴦が来ておばあさまの下手に座ります。鴛鴦の下手が熙鳳です。緋毛氈を敷き、牌を混ぜて親を決めると、五人（おばあさま、鴛鴦、熙鳳、薛のおばさま、王夫人）は手牌を取ります。しばらく取り進んでいくうちに、鴛鴦はおばあさまの手牌があと一枚で上がりとなり、二餅《アルピン》を待っているのを見て、こっそり熙鳳に知らせます。熙鳳はちょうど牌を切る順番に当たっていましたが、わざとしばらく躊躇して見せ、笑いながら言いました。

「わたくしのこの牌はきっとおばさまが押さえていらっしゃいますのね。もしこの牌を切らなければ、もう手が保ちません」。

「わたしの所にあなたの牌はありませんよ」。

「あとで調べさせていただきますわ」。

「お好きなように。とにかく切ってごらんなさい、どの牌だか見てあげましょう」。

煕鳳はそこで薛のおばさまの前に差し出します。薛のおばさまは二餅だと見るや、笑いながら言いました。

「わたしはありがたくもないけれど、おばあさまが上がりじゃなくって?」

煕鳳はそれを聞くと、急いで笑いながら言いました。

「わたくし、切り間違えてしまいました」。（第四十七回）

これは賈赦が鴛鴦を側室に望んだため、怒り心頭に発したおばあさまの機嫌を取ろうとする煕鳳の必死の演技なのだが、日ごろの対応ぶりも十分想像できよう。

王夫人は二十両、側室の趙氏は二両（第三十六回）、李紈は十両、煕鳳はその半分（第四十五回）といった月々の手当の額（ただしあくまで基本給）に代表されるように、数字によるランク付けはもともときわめて厳密だが、たとえば煕鳳の誕生祝いに際して皆が出し合う金額にも、分を越えてはならないという意識が働くことになる。

おばあさまがまず言いました。

「わたしは二十両出しましょう」。

薛のおばさまは笑いながら言いました。

「わたくしはおばあさまに倣って、やはり二十両出しましょう」。

邢夫人と王夫人は言いました。

「わたくしどもはおばあさまと肩を並べるわけにはまいらず、格を一段落とさねばなりませんから、それぞれ十六両にいたしましょう」。

尤氏と李紈も笑いながら言いました。

「わたくしどもはさらに格を一段落とさねばなりませんから、それぞれ十二両にいたしましょう」。

（第四十三回）

薛のおばさまは王夫人の妹だが、賈家にとっては客人であり、ランクはむしろ王夫人より高くなる。各種の宴席において、薛のおばさまは、おばあさまと同じく、正面のテーブルに着くのに対し、王夫人の席は脇のテーブルに設けられる。

上手の一卓はおばあさま、薛のおばさま、宝釵、黛玉、宝玉、東の一卓は湘雲、王夫人、迎春、探春、惜春です。入口沿いの西の一卓は李紈《りがん》と熙鳳ですが、形だけ席を設けたにすぎません。二人とも座ろうとはせず、おばあさまと王夫人の両卓で給仕役に徹します。（第三十八回）

ここで注意すべきは、賈珠の妻の李紈と賈璉の妻の熙鳳の位置だろう。年長者としての権威が確立するまで、嫁いで来た女性は奉仕者としての立場を忘れてはならない。王夫人の席が一ランク低いのもそのためだし、彼女が自分で給仕に立つこともある。おばあさまが黛玉や迎春姉妹と食事をした時、「賈珠の妻の李氏がご飯を捧げ持ち、熙鳳が箸を並べ、王夫人が羹《スープ》を差し上げます」（第三回）と三人揃って世話を焼くのは、その最も早い例である。もちろん王夫人は「二の奥さま」であるから、通常はおばあさまに次ぐ権威を備えており、嫁いで来た女性としての義務はしだいに形式的なものに近づいている。

王夫人が暖壺（酒が冷えないように綿などでくるんだ酒壺）を手にして席を立つと、みないっせいに席を立ち、薛のおばさまも立ち上がります。おばあさまは急いで李紈と熙鳳の二人に酒壺を受け取るよう命じて言いました。

「あんたたちのおばさま（薛のおばさま）に掛けていただきなさい。そうでないと皆も具合が悪いからね」。

王夫人はおばあさまがそのようにおっしゃるのを聞くと、熙鳳に酒壺を渡して自分の席に戻りま

す。（第四十一回）

王夫人が立ち上がった際、そのまま座っていたのはおばあさま一人だけである。薛のおばさまは客人として王夫人より上位を占めるが、ここでは妹としての礼に則っている（兄弟姉妹間の礼については、本書九六頁に見える宝玉と三姉妹ならびに賈環との関係参照）。ただ、客人である薛のおばさまを立ち上がらせるのは好ましくないということから、おばあさまが指示を出している。これは同時に王夫人に対しても、気遣いは無用と間接的に配慮を示したことになる。王夫人もやがて「大奥さま」として座の中心的存在になるだろう。ちなみに賈政が座に加わった場合には、

上座の一卓にはおばあさま、賈政、宝玉が、下座の一卓には王夫人、宝釵、黛玉、湘雲が、別の一卓には迎春、探春、惜春が座を占めます。床には媳婦《にょうぼう》や侍女がぎっしり立ち並びます。李紈と熙鳳の二人は奥の部屋で別の一卓に座を占めます。（第二十二回）

という組み合わせになる。まずおばあさまと賈政父子、次いで王夫人と客分に当たる姉妹、次いで賈家の三姉妹という振り分けは当然の措置だろう。また舅（賈政）と嫁（李紈、熙鳳）が同席しないという男女のけじめも守られている。

締めくくりとして、いわゆるエチケットに属する基本的な対応の仕方をいくつか拾っておく。

王夫人は西側の下座に腰掛けていましたが、そこの品もまた普段使っている黒い緞子の背もたれや座布団です。黛玉が入って来るのを見ると、東側に腰掛けさせようとします。黛玉はそこが賈政の場所だと推し量り、それゆえ炕《オンドル》に沿って一列に並び、これまた普段用で型染めのカバーが掛けてある三脚の椅子を目にすると、その椅子に腰掛けます。（第三回）

おばあさまはもとよりわが一族の最長老でいらっしゃり、わたくしの父（賈敬）は甥に当たりますから、このような日（賈敬の誕生日）には、そもそもお招きすること自体がはばかられるところです。（第十一回）

おばあさまは宝釵に向かってどんなお芝居が好きか、どんな料理が好みかなどと尋ねます。宝釵は、おばあさまが老人だけに、お芝居はにぎやかなのが好き、料理は甘くやわらかに煮込んだものが好みだということをよく承知していましたから、すべておばあさまが日ごろ好んでいるものに従って返事をします。おばあさまはますますご満悦です。（第二十二回）

趙のお部屋さんが垂れ幕を掲げると、宝玉は身を屈めて入ります。見れば賈政と王夫人が炕《オンドル》の上で向かい合って座って話をしており、床に一列に並べられた椅子に、迎春、探春、惜春、賈環の四人が座っています。彼が入って来たのを見るや、探春と惜春、賈環だけが立ち上がります。（第

二十三回）

〔宝玉が〕賈赦に会ってみると、たまたま風邪を引き込んだ程度です。まずおばあさまの見舞いの言葉を述べ、それから自分の挨拶をします。賈赦は最初立ち上がっておばあさまへの返事を述べ、次いで人を呼んで言いました。

「坊ちゃんを奥さま（邢夫人）の部屋へ案内してくつろいでもらいなさい」。（第二十四回）

宝玉は馬上で笑いながら言いました。

「周《しゅう》にいさん、銭《せん》にいさん、わたしたちはこの脇門から出るとしよう。父上の書斎の門口を通る際にまた馬から下りたりしなくてすむもの」。

周瑞《しゅうずい》は身をひねって笑いながら言いました。

「旦那さまはお留守で、書斎にはずっと鍵がかかったままでございますから、坊ちゃまがお下りになることもないかと存じますが」。

「鍵がかかったままだとしても、やっぱり下りなくてはね」。（第五十二回）

長幼の序ひとつ取り上げてみても、その場その場に応じて細かい神経を働かさねばならないことが分かる。

三

さて、これまで寧国府、栄国府という羽振りの良い家族を見てきたが、寧栄二府以外の族人ともなれば、状況は大いに異なってくる。彼らはたしかに賈家の一員ではあるが、寧栄二府の人々と比べると、そこには身分の違いと言っても差し支えないほどの格差が生じてしまう。たとえば、家塾で騒ぎを起こした金栄《きんえい》のおばは賈璜《かこう》の妻だが、宝玉付きの下僕である茗烟《めいえん》から、

「ヤツ〔金栄〕は東の横町の璜さんの若奥さんの甥っこですよ。そいつが一体どんなにご立派な後ろ盾のつもりで、俺たちに脅しをかけようってんですかね。璜さんの若奥さんはあいつの〔父方の〕おばさんなんですよ。おまえのあのおばさんときたらゴマすり上手なだけでよ、うちの璉さまの若奥さま〔王熙鳳〕の前で這いつくばって質草を借り出す手合いじゃねえか。そんな女主人さまなんか、俺だって目もくれねえや！」（第九回）

と蔑まれるように、日々の生活の中で名誉も権威もすっかりすり減らしている。それより何より生計を立てるために、彼らはどんな惨めな手段に訴えてでも寧栄二府にすがりつかねばならない。ここではとりわけ綿密に描写された、賈芸《かうん》が二百両の銀子を手にするまでの経緯を追って、周辺の族人の対応ぶりを考えてみたい。（第二十四回）

さて、賈芸は奥へ入って賈璉に会うと、何か仕事があるかどうか尋ねます。賈璉は彼に告げて言いました。

「先だって仕事が一つできたんだけどね。あいにくあんたのおばさん（熙鳳）が何度もわたしに頼むから、賈芹《かきん》にやったんだ。あれはわたしに、このさき園内にはまだいくつか花や木を植えなくてはならない場所があるから、その仕事にとりかかる時にはきっとあんたに回すって約束したよ」。

賈芸はそれを聞くと、しばらくしてから言いました。

「そういうことでしたら、待たせていただきましょう。おじさまもあらかじめおばさまの前で、わたくしが今日聞き合わせにまいったことを持ち出していただくには及びません。直接お目にかかった際に、わたくしの方から改めて申し上げても遅くはございませんから」。

賈芸は最初の一歩を誤った、つまり賈璉に頼んだのは明らかに失敗だったと悟る。賈芹のように熙鳳を当てにするべきだったのだ。しかも熙鳳が事情を知っている今となっては、彼女の所へのこのこ出かけて行って臆面もなく仕事を下さいとも言いかねる。まず賈璉の方を当てにし、それが不首尾に終わったので自分を頼って来た――誰にもましてプライドの高い熙鳳がそんな失敬なやり方を許すはずはない。しかし熙鳳に頼まなければいつまでたってもいい仕事にはありつけない以上、少々のことでへこたれてはいられない。とにかく仕事の件はさておいて、まず熙鳳に良い印象を与えることが先決である。ひょんなことから隣の高利貸しに無利子で貸してもらった銀子十五両余りを元手に、賈芸は龍脳と麝香を買い整えた。

大勢の人間に取り巻かれて熙鳳が出て来ます。賈芸は熙鳳が人から持ち上げられるのが大好きで見栄っ張りなことをよく承知していましたから、急いで両手を垂れ、恭《うやうや》しく歩み寄って挨拶します。熙鳳はまともに目をくれようとせず、先へ進みながら、ただ彼の母親の具合を尋ねます。

「どうしてうちへ遊びに来てくださらないの」。

「ずっと体の調子がすぐれないものですから。いつもおばさまのことを案じて、お目にかかりたいと思ってはいるのですが、伺うことはかないません」。

「嘘がお上手ね。わたしがあちらのことを持ち出さなきゃ、あんたもあちらがわたしのことを案じているなんて言わなかったでしょ?」

「この甥めが雷に打たれるのも怖がらずに、目上の方の前で嘘をついたりいたしましょうか。ゆうべもまたおばさまのことを話題にして、「おばさまはお体がひ弱な上に、お仕事は多いときているのに、幸いとてもしっかりしていらっしゃるので、じつに行き届いた取り扱い方をなさる、もしこれが〈おばさまより〉ちょっとでも劣る人間だったら、とっくに想像もつかないくらい疲れ切っていたろうね」と申しておりました」。

熙鳳はそれを聞くと、満面に笑みを浮かべ、思わず足を止めて尋ねました。

「どうしてあんたたち親子はわけもなく、わたしのことを取り沙汰するの?」

少し光明が見えて来たというところだろうか。さてこれからが正念場である。

「これには理由があるのです。と申しますのは、わたくしのある友人が、家にお金があることから、いま香料屋を開いております。ところがその男が通判（知事の補佐官）の地位を買い込んで、先だって雲南のどことかやらへ赴任することになり、家族ぐるみで任地に赴くそうで、その香料屋も店じまいすることになりました。そこで在庫品を集めて、人にあげるべきものはあげ、安値で売るべきものは売り、高級で貴重な品は親戚友人に分けて配ることにしたのです。わたくしにはまとめて龍脳と麝香を贈ってくれました。わたくしは母と相談しましたが、「もしも転売しようとすれば、元値で売れないばかりか、そもそも誰であろうとそこまで銀子を出してこうしたものを買っても何もならない。たとえお金のある立派なお屋敷でも、せいぜい何分何銭かの量を使えばそれでもう十分だということになる、かと言って、誰かに贈ろうとしても、こうした品を使うにふさわしい人はいないから、かえって二束三文の値段で転売されてしまうことになる」というのが二人の結論でした。そこでおばさまのことが思い浮かんだのです。先年、おばさまが銀子をドンと投じてこれらの品をお買いになったことも、わたくしは存じていますしね。申すまでもなく本年は貴妃さまが宮中においでになりますから、とりわけこのたびの端午の節句においては、こうした香料が平年に比べて十倍は必要になるのは言わずもがな。そこであれこれ思案の末、おばさまお一人に差し上げてこそ理にかなう、それではじめてこの品も台無しにせずにすむと思い至ったような次第です」。

端午の節句に備えてちょうど香料を買い込むつもりでいた熙鳳は、このタイミングの良い贈り物と歯の浮くようなお世辞にすっかり気をよくし、賈芸に回そうと考えていた植樹の監督の一件をもう少しで口にしそうになるが、そこはさすがに百戦錬磨の熙鳳である。

いまあの話をしたら、わたしが物に弱いものだから、これしきの香料のために、さっそくホイホイと監督の仕事を回してくれたんだ、なんていう風に彼に受け取られかねない。今日のところはひとまずこの件を持ち出さないでおこう。

と思い返すや、ありきたりの言葉を口にして行ってしまう。賈芸にしてみればあと一歩のところだったが、ここで正体を見せて食い下がれば逆効果、ぐっとこらえて引き下がらざるを得ない。

さて翌日、賈芸は車に乗り込んだ熙鳳と正門の前でバッタリ出くわした。今度は熙鳳の方から先制攻撃を仕掛ける。

「芸ちゃん、あんたってわたしの前でひと芝居打つなんていい度胸してるじゃないの。あんたがわたしに贈り物をしたのもそのはず、頼み事があったからなのね。昨日になってやっとあんたのおじさん(賈璉)が、あんたがあの人に頼み事をしに来たことを教えてくれたわ」。

この攻めをうまくかわさなければ先の望みもない。賈芸はここで正直に開き直る作戦に出た。

「おじさまに頼み事をした件については、おばさま、どうかおっしゃらないでくださいな。わたくしは昨日すっかり後悔したんですから。早くにこうなると分かっていたら、はじめからおばさまにお願いいして、今ごろはすっかりカタがついていたことでしょう。おじさまがこうまで当てにならないとは思いもよりませんでした」。

熙鳳はダメ押しとばかりに、「なるほど、向こうがうまくいかなかったものだから、昨日はまたわたしの所へやって来たというわけね」と皮肉を言うが、賈芸も踏ん張って、

「おばさま、わたくしの誠意を無になさらないでください。わたくしにはそんな気持ちはこれっぽっちもございません。もしそのような気があったとすれば、昨日おばさまにお願いせずにはおりませんもの。おばさまがご存じの今となっては、わたくしはおじさまの方をうっちゃり、おばさまに対してなんとかほんの少しでもわたくしに目をかけてくださるようお願いしないわけにはまいりません」。

どうやら賈芸も心底わたしの力の大きさに気づいたようだ、と感じた熙鳳は、いよいよ彼の目の前に

これ見よがしにニンジンをぶら下げる。大いに快感を味わいながら。

「あんたたちってわざわざ遠回りしちゃって、わたしに言い出しにくくさせるのね。早くからわたしに一声かけてくれれば、何がかなわないものですか。ほんのちょっとしたことで、ここまでぐずぐず手間取っちゃうなんて。あの園にはまだ花を植えなくちゃならないのに、いい人を思いつかなくってね。あんたが早くに来ていたらさっさと片付いていたものを」。

必死でせがむ賈芸を尻目にかけて、煕鳳はもう一度焦らす。

「この仕事はあんまりよくないわねえ。来年のお正月になれば花火や灯籠〔の買付〕といった大口の仕事ができるから、その時にあんたにやってもらいましょう」。

とにかく植樹の仕事を、それがうまくできたら正月の仕事も、と答えてすがりつく賈芸に対し、煕鳳もとうとう遊ぶのをやめ、当初の予定通り監督の仕事を与えてやる。

「あんたって長い糸をつけて大きな魚を釣るのが得意なのねえ。まあいいでしょ、もしあんたのおじさまが言わなかったら、わたしはあんたのことに首を突っ込むつもりはありませんでした。わたしは食事をするだけですぐ戻りますから、お昼過ぎに銀子を受け取りに来てちょうだい。明後日から木を植えに行くこと」。

最初に賈芸が挨拶に来た時、煕鳳はろくに目もくれずに通り過ぎようとしたが、内心では「来たな」と思っていたに違いない。賈芸は煕鳳の性格を十分考慮に入れ、巧妙な筋書きを立てて自分の失策を挽回しようとした。さすがの煕鳳もコロリとまいるかと思われたが、そうならなかったところに煕鳳の煕鳳たるゆえんがある。翌日の展開では、賈芸は防戦一方にならざるを得ない。煕鳳からすれば、前日は得意満面、翌日は余裕綽々といったところだろう。

ところで、この駆け引きにおいては、打算と真情が分かち難く絡み合っている点におもしろさがあるのではないか。煕鳳はたしかに香料を贈られて素直に喜んだし、賈芸はどうにか監督の仕事にありついて心からありがたく思った。香料と仕事は取引の材料としてお互いの価値を相殺したのではなく、煕鳳と賈芸がそれぞれ相手に対して悪くない印象を残すという新しい効果をも生み出したのである。現行の百二十回本では、賈芸は亡くなった煕鳳の娘の巧姐を売り飛ばそうとする忘恩の徒とされる（第百十八回）が、作者の近親者とおぼしき脂硯斎《しけんさい》の批評によれば、賈芸は意中の女性で、宝玉から煕鳳付きに替わった小紅と夫婦になり、投獄された宝玉や煕鳳のために力を尽くすことになる（後述するように、宝玉の所では下働きに過ぎなかった小紅は、煕鳳に才能を買われてスカウトされ、日の当たる場所に出られるようになった。本書一〇八頁）。また小紅とのなれそめを除けば、これ以外に賈芸はほとんど出番がない（小紅も然り）。

したがって、脂硯斎が説く本来の構想に照らしても、賈芸と煕鳳のやりとりがその場限りのものではないことが理解されよう。小説の技法としては一種の伏線と呼べるのだろうが、心の微妙な動きが余韻を残すエピソードである。一方、母親の周《しゅう》氏が煕鳳から好感を持たれていたので、何の苦労もせずに家廟（菩提寺）の鉄檻寺《てっかんじ》で尼僧と女道士を監督する役目を手に入れた賈芹は、後に賈珍から、

「おまえが家廟でしでかしていることを、わたしが知らぬとでも思っているのか！　あそこへ行けばおまえは当然ご主人さま扱いで、おまえに逆らおうとする者などいないはずだ。手元に金はある、わたしたちからは遠く離れている――というわけで、おまえは王様を気取るようになり、夜な夜なゴロツキを集めて賭け事に精を出し、女や稚児を囲っている始末だ」。（第五十三回）

とやり込められる。これもまた皮肉な取り合わせとしか言いようがない。

さて、賈芸は煕鳳のことを「おばさま（嬸子《シェンズ》）」と呼び、形式上はただ長幼の序に従えばいいのだが、持てる者と持たざる者の差は歴然としている。寧国府の嫡孫である賈蓉が、同じく煕鳳に「おばさま」と呼びかけた例を挙げておこう。

賈蓉は笑いながら言いました。

「父がおばさまにお願いの儀があってわたくしを寄越しました。先だってお実家《さと》の奥さまがおば

さまに下さった玻璃《はり》製の炕《オンドル》用の屏風を、明日大事なお客さまをお招きするので、ちょっとお借りして飾らせていただけないだろうか、すぐにお返ししますから、とのことです」。

「一日遅かったわ、昨日のうちに人にあげちゃいました」。

賈蓉はそれを聞くと、クスクス笑いながら、炕に沿って半ば跪きながら言いました。

「おばさまがお貸しくださらないと、またわたくしがろくに口もきけぬせいだと言われ、こっぴどく打たれる羽目になるのですよ。おばさまにはどうか甥っこを哀れと思ってくださいな」。

「あんたたちみたいな人って見たことないわ。王家の品物なら何でも上等だとでも言うの？　あんたたちの所にはああいった立派な物をしまっておきながら、ちっとも目に入らず、わたしの家の物でなければ上等じゃないと決めてかかるのですからね」。

「あれほど見事なのは、どこにもありません。なにとぞお慈悲でございます」。

「ちょっとでもぶつけようものなら、あんたの皮をひん剝いちゃうからご用心！」（第六回）

熙鳳と賈蓉の間にある一種の馴れ馴れしさは、熙鳳と賈芸の間には決して見られない。

四

賈家を構成するもう一つの要素である召使たちも、微妙な差異による序列化を絶対的なものとして受け止めねばならない。宝玉はすべての少女たちを、少女であるがゆえに崇高な存在とみなそうとするが、当の少女たち、とりわけ侍女たちは分業という名の上下関係に敏感である。まず小紅のエピソード（第二十四回）を引いてみよう。

宝玉は侍女の姿が見えないため、仕方なく自分から下がって来ると、湯呑み茶碗を手に持って急須からお茶を注ごうとします。すると後ろで声がしました。

「二の坊ちゃま、火傷にご注意を！　わたくしがお注ぎしますから」。

そう言いながら近寄って来ると、早くも湯呑み茶碗を受け取ります。宝玉はびっくりして尋ねました。

「どこにいたんだい？　いきなり現れるから、びっくりしちゃったよ」。

その侍女はお茶を渡しながら返事をしました。

「裏庭におりまして、いましがた奥の部屋の裏口から入って来たところでございますが、二の坊ちゃまには足音をお耳になさいませんでしたか？」

宝玉はお茶を飲みながら、その侍女の様子をじっくり観察します。ややくたびれた衣服をあれこれ身に着けてはいるものの、黒々とした豊かな髪は髷《まげ》に結われ、ほっそりとした顔立ち、華奢な体つきをしており、こざっぱりと垢ぬけしているではありませんか。宝玉はひとしきり眺めた後、笑いながら尋ねました。

「あんたもわたしの部屋付きの者なの？」

「さようでございます」。

「ここの部屋付きだというのなら、どうしてわたしに覚えがないのかなあ」。

その侍女はそれを聞くと、一声冷笑して言いました。

「お目に留めていただけない者は多うございます。なにもわたくし一人に限りませんわ。これまでわたくしはお茶やお水を差し上げたり、物を持ってまいったりといった目立つ仕事などこれっぽっちもいたしておりませんもの、どうしてご記憶にございましょう」。

「あんたはなぜ目につく仕事をやろうとしないの？」

「それはわたくしの口からは申し上げかねます」。

小紅

二人が話しているところへ水汲みに行っていた秋紋と碧痕が帰って来る。彼女たちは襲人、晴雯、麝月に次ぐ地位を占めており、小紅よりも断然格が高い。宝玉と小紅が二人きりで部屋にいたことを知った秋紋と碧痕は、さっそく小紅を問い質す。

小紅は言いました。

「わたくしはお部屋になどおりませんでし

た。自分のハンカチが見つからなかったものですから、裏へ探しにまいったのです。そこへ思いもかけず二の坊ちゃまがお茶を召し上がろうとなさって、おねえさん方をお呼びになったのですが、どなたもいらっしゃらないものですから、わたくしが中に入り、ちょうどお茶を注いで差し上げたところへ、おねえさん方がおいでになったのでございます」。

秋紋はそれを聞くと、小紅の顔をめがけてまともに唾を吐きかけ、罵って言いました。

「恥知らずの下種《げす》女！　水汲みに行くのはあんたの当然の務めなのに、用事があると答えてわたしたちを行かせておき、こんなうまい機会をつかもうと待ち構えていたわけなのね。じわりじわりと、こんな感じでのし上がろうっていうんじゃないでしょうね？　まさかわたしたちの方があんたに及びもつかないなんてことがあるもんですか！　ちょっと鏡をのぞいてごらん、お茶やお水を差し上げるにふさわしいかどうかね」。

碧痕は言いました。

「明日みんなに言っておくわ。お茶やお水を差し上げたり物を受け渡したりする仕事については、わたしたちはすべて手出し無用、何もかもあの子にまかせたらいいの、ってね」。

秋紋は言いました。

「そういうことなら、わたしたちはお暇をもらって、この子だけこちらのお部屋に残した方がいいんじゃない？」

あたかも虫けらを払い落とすかのように、秋紋と碧痕は容赦ない態度を取る。この箇所だけ読めば、小紅がいかにも気の毒に思えるかも知れないが、彼女もまたたんなる心優しき少女とは訳が違うのだ。

この小紅は世事に疎い侍女なのですが、ちょっとマシな器量の持ち主であるため、高い地位にのし上がってやろうという妄想に取り憑かれており、つねづね宝玉の前で自分の存在を印象づけたいと狙っていました。ただ、宝玉の周りの人々は、ずらり名うての切れ者ぞろいですから、どこにつけ入る隙などありましょう。思いがけず今日やっときっかけをつかんだものの、秋紋たちにひとしきり罵倒され、早くも意気消沈してしまいます。

普通なら巧妙に圧し殺すべき感情を、自信過剰の小紅はつい露骨にさらけ出してしまったに過ぎない。もちろん宝玉と直接言葉を交わすのは、下積みの目立たない少女にとってまたとない絶好の機会である。襲人や麝月と仲違いした時、宝玉が小侍女の四児を取り立てた例もある。

この日、宝玉はあまり部屋から出ず、姉妹や侍女たちとふざけたりすることもなく、一人悶々として、書物を手に取って気晴らししたり、徒然《つれづれ》に文章を書きつけたりするにすぎません。また誰にも用事を言いつけず、四児一人に世話をさせます。ところがなんとこの四児はとても頭が良くて抜け目ない娘で、宝玉が自分を使うのを見ると、あれこれ手立てを尽くして宝玉を籠絡するのでした。

（第二十一回）

襲人、晴雯、麝月、秋紋に続き、芳官、碧痕、小燕と並んで、四児はまんまと二番手グループに潜り込む（しかし後に四児は、役者上がりの芳官ともども王夫人によって追い出された。宝玉は自分が彼女を誤らせたと悔やんでいるが、四児本人が他人との距離の取り方をおろそかにしたことは否めない）。

分不相応にも小紅が宝玉にお茶を注いだ一件のパロディとも言うべきエピソードも引いておこう。襲人に言われて、芳官が宝玉のスープを吹いて冷ましていると、その義母（栄国府では三流の地位）がしゃしゃり出て来る。


いま芳官がスープを吹くのを見ると、急いで駆け込んで来て、笑いながら言いました。

「その子は不慣れですから、お碗を割ってしまう心配がございましょう。わたくしに吹かせてくださいませ」。

そう言いながら受け取ろうとします。晴雯は慌てて怒鳴りつけました。

「出てお行き！　あんたがその子にお碗を割らせたって、あんたになんか吹く順番など回っちゃ来ないんだから！　いったいどこの隙間からこの間仕切りの内側にまで駆け込んで来たのよ？　まだ出て行かないつもりなの？」

そう言いつつ小侍女たちを叱りつけます。

「ボーッとしているんだから！　あいつが知らないのなら、おまえたちが教えてやらなきゃダメじゃないの！」

小侍女たちは口をそろえて言いました。

「わたくしどもが追い出そうとしても出て行かず、言い聞かせても信じないのですもの。いまこうしてわたしたちまで巻き添えを食って叱られた以上、あなたも納得がいったでしょ？　わたしたちが行ける場所のうち、あなたも行ける場所はその半分だけ、残りの半分は行っちゃいけないのよ。ましてわたしたちも行けない場所にまで駆け込むだけならまだしも、そのうえ手は出すわ口は動かすわ、なんですものね」。

そう言いながら彼女を押し出します。階段の下で空になった蓋物を待っていた何人かのばあやたちは彼女が出て来たのを見ると、みな笑いながら言いました。

「嫂《ねえ》さんもちょぃと鏡を覗いて見もせずに、さっさとお入りあそばすとはね」。（第五十八回）

これは極端な例かも知れないが、召使たちがわずかな地位の差をめぐってしのぎを削る本質に変わりはない。一連の競争を勝ち抜けば最終的に、

賈家の習慣では、父母に仕えてきた年配の召使は、年若い主人よりも格が上であることから、尤氏や熙鳳たちが床に立ったままであるのに対し、頼大の母親など三、四人のばあやは、「失礼しま

す」と断って、みな小さな腰掛けに座ります。（第四十三回）

といった名誉を獲得することも夢ではないだろう。そのためには主人との特殊な繋がりを最大限利用することが大切で、かつて乳母をつとめた者は、

「わたくしがこのたび飛び込んでまいったのは、お酒をいただくためではなく、大事なお願いがあるからなのでございます。若奥さま（王熙鳳）にはなにとぞお心に留め置かれ、わたくしどもに情けをおかけくださいませ。うちのこの旦那さま（賈璉）ときたら、口では調子のいいことをおっしゃるのですが、いざという時にはわたくしどものことをお忘れになっておしまいですから。お小さい時分にわたくしがお乳を飲ませてあげたからこそ、あなたさまはこのように大きくおなりになったのですよ。わたくしも老いぼれて、手元にあるのはあの二人の息子だけ。あなたさまがあれたちに特別目をかけてやったとしても、それをとやかく言う者などおりませぬ。わたくしが何度も繰り返しお願いしているにもかかわらず、あなたさまはお返事はよろしいけれど、いまになってもまだほったらかしです。今回また天からたいそうおめでたい事が舞い降りてきましたからには、あれこれ人を使わないですむはずがありません。そこで若奥さまのもとへまいってお話し申し上げるのが何より肝腎、うちの旦那さまにすがっておったのでは、飢え死にしかねませんからね。（第十六回）

と直訴に及ぶし、将来側室になる可能性のある者は、

元来ここ一、二年、襲人は王夫人が自分を重んじてくれるので、いっそうわが身を大切にし、およそ人のいない所で、あるいは夜分に宝玉とは決してふざけたりせず、そこで小さいころよりもかえってよそよそしくなっていました。（第七十七回）

と、自分の行動に人一倍気を遣わざるを得ない。召使たちが形作る人間関係は多くの場合、第三者である主人の権威や体面と深く結びついているのである。

さて、彩霞は先日お屋敷を出て、両親が婿を選ぶのを待っていました。思うに賈環とは以前から親しいものの、まだちゃんと約束したわけではありません。このごろ旺児《おうじ》がしょっちゅう結婚を申し込みにやって来ますが、旺児の息子は大酒飲みでバクチ好き、しかも醜男で何の取り柄もないと早くから聞き知っていたので、内心ますます思い悩みます。旺児が熙鳳の権威を笠に着て、さっさとまとめてしまったら、一生不幸につきまとわれることになりますから、イライラしないではいられません。（第七十二回）

そもそも一対一の単純な関係など、大家族の日常生活においてはむしろ想定しにくい。上位の者に応

対する場合であろうと、下位の者に臨む場合であろうと、第三者への配慮を忘れてはならないのである。たとえば、鴛鴦の一件でおばあさまが激怒した際、周囲の人々はそれぞれの理由に基づいてあえて弁解しようとしなかった。

おばあさまは王夫人がそばにいるのを目に留めると、王夫人に向かって言いました。

「あんたたちは皆でわたしを騙していたんだね！ 親孝行と見せかけておいて、こっそりわたしをたばかるとは！ いい品物があればねだり、いい人間がおれば欲しがり、こんな娘っ子が一人残っただけなのに、わたしがこの子によくしてやるものだから、あんたたちは我慢がならぬというわけだ。この子を引き離したら、わたしを手玉に取りやすいものね！」

王夫人は急いで立ち上がりますが、一言も返そうとはしません。薛のおばさまは王夫人が咎められたのを見ると、かえってなだめにくくなります。李紈は鴛鴦の話を聞くや、早くも姉妹たちを連れて出ます。探春は気がきく人間で、王夫人は言いたいことがあっても口答えできないだろう、薛のおばさまも実の姉妹だから当然弁護しかねるだろう、宝釵もおばのために申し開きするのは都合が悪いだろう、李紈や煕鳳、宝玉もみな弁護しようとしないだろう、ここはまさしく〔この家の〕女の子の出るべきところ、でも迎春はおとなしく、惜春は小さいからと考えると、進み入って愛想笑いしながらおばあさまに言いました。

「この一件、お義母《かあ》さまと何の関係がございましょう。おばあさま、ちょっとお考えになってくださいませ。義理のお兄さまが側室を納れようとなさるのを、義理の妹に当たるお方がどうしてご存じでしょうか。たとえご存じでも、知らないふりをなさるものです」。

言い終わらぬうちに、おばあさまは笑いながら言いました。

「わたしはなんて老いぼれてしまったのだろう！　おばさま、わたしをお笑いくださいますな。あなたのお姉さんはわたしにとても孝養を尽くしてくれて、あの上の奥方（邢夫人）のようにひたすら旦那さまを怖がり、姑の前では調子を合わせるにすぎないのとは違います。本当につらい思いをさせてしまいました」。

薛のおばさまはやむなく「ハイ」と答えると、続けて言いました。

「おばあさまのひいき目でございます。下の息子の媳婦《よめ》を愛しく思うのは、ままあることでございますから」。

おばあさまは言いました。

「ひいき目ではありません」。

そこでまた言いました。

「宝玉や、わたしがおまえの母上を間違って咎め立てしたというのに、おまえはどうしてわたしに悟らせようともせず、みすみすおまえの母上につらい思いをさせたのかい？」

「わたくしが母上の肩を持って、おじさまやおばさまのことをとやかく言うことなどできましょうか。どのみち誰かの罪に違いありません。わたくしの母上がここで罪を認めないとしたら、いったい誰のせいにすればいいのでしょう。わたくしが自分の過ちだと申し上げても、おばあさまは信用なさいませんでしょうし……」。

「それはもっともだね」。(第四十六回)

人々はおばあさまを立てるのみならず、邢夫人の体面にも十分配慮しようとしている。誰かに責任を押しつける形で自分の潔白を証明するのは好ましくないのである。

当事者がたとえつまらぬ手合いであったとしても、その人物に対する処置がどのような波紋を投げかけるかについて考える必要がある。王夫人付きの彩雲《さいうん》が王夫人の部屋からこっそりシロップを持ち出して賈環に与えた一件も、シロップを持ち出したのは宝玉だということで丸くおさめようとするが、それには次のような理由があった。


平児は笑いながら言いました。

「それ(宝玉が王夫人に叱られること)は小さな事でしょう。いま趙のお部屋さんの所から犯人を挙げるのはたやすいけれど、ある立派なお方の体面を傷つけることを恐れるのです。他の人はみな取り沙汰しないとしても、そのお方がお腹立ちにならずにおれましょうか。そのお方がお気の毒だからこそ、わたしとしてはネズミを叩くために玉の瓶を損なうような真似はいたしかねるのです」。

そう言いながら三本の指を伸ばしてみせます。襲人らはそれを聞くと、彼女が言っているのは探

春のことだなと悟ります。（第六十一回）

また周瑞の息子が酔っ払って不始末をしでかした時、王熙鳳は彼を屋敷から追い出そうとするが、頼ばあさんに止められる。

「この人（周瑞の妻）は現に生え抜きの奥さま（王夫人）付きです。若奥さまがひたすら彼を追い出そうとなされば、奥さまのお顔が立ちませぬ。わたくしの考えでは、若奥さまは彼にちょっと痛い思いをさせて懲らしめ、今後のことを戒めて、元通り留め置かれるのがよろしうございましょう。彼の母親でなく、奥さまのご体面をお考えなさいませ」。（第四十五回）

これがさらに複雑になると、もはや人間関係の一コマに止まらず、作品の構想全体と深く関わってくる。対立はその場限りのものではなく、それまでの利害関係を一挙に浮き彫りにし、修復不能な亀裂として賈家の不吉な将来を暗示するのである。典型的な例（第七十一回）を挙げてみよう。

大観園の各門が開いたままになっているのを見咎めた尤氏が、小侍女に責任者を呼んで来させる。小侍女は二人のばあやに取り次ぎを頼むが、品物を山分けするのに忙しい二人は、相手が寧国府の奥方だということもあって取り合わない。怒った小侍女は怡紅院にいた尤氏に注進に及ぶ。尤氏は当然そのばあやを呼び、また熙鳳に来てもらおうとするが、その日がおばあさまの誕生日だったので大目に見ることにした。ところが、その一件が周瑞のかみさんの耳に入ってしまう。家事には直接携わっていないもののの、王夫人付きとして体面もあり、主人たちにも受けの良い彼女は、さっそく尤氏のもとに馳せ参じ、より詳しい状況を聞き出すと熙鳳に事の次第を報告し、尤氏の体面を考えて厳しく処罰すべきだと進言する。熙鳳は二人を縛り上げ処置は尤氏に任せることにした。一方、ばあやの娘は自分の姑で邢夫人付きの費《ひ》氏に手を回してくれるよう頼み込む。

この費ばあやはもともと邢夫人の陪房《おつき》で、最初のうちこそ肩で風を切っていましたが、近ごろではおばあさまが邢夫人にあまりいい顔をしなくなったものですから、こちらの者まで勢いが振るわなくなってしまいました。賈政の所の体面のある人々は、みなあちらで虎視眈々としています。この費ばあやはいつも年寄り風を吹かせ、邢夫人の威力を恃んで、酒を食らっては言いたい放題罵って鬱憤を晴らしているのでした。

費氏に頼み込まれた邢夫人も鴛鴦の一件以来、すっかり体面を失っていた。

邢夫人は鴛鴦を所望してつまらない目に遭って以来、おばあさまがますます自分に冷淡になり、熙鳳の体面の方が逆に自分よりまさっていると考えます。しかも一昨日、南安太妃《なんあんたいひ》がお越しになって姉妹たちに会いたがると、おばあさまはまた探春だけ呼んで迎春の方はあって無きが如しだったので、表には出せないものの、内心とっくに穏やかではありません。さらにつまらぬ手合いが傍におり、その連中は妬みや恨みをぶちまけるわけにはいかないので、陰でデマを飛ばし事を起こして主人をそそのかします。最初はあちらの召使を譏るだけでしたが、しだいに熙鳳まで譏るようになり、熙鳳のことを、「大奥さまを言いくるめてひたすらご機嫌を取り結び、やたらと威勢を張るのがことのほかお好きときています。璉坊ちゃまを尻に敷き、二の奥さま（王夫人）をそそのかして、こちらのちゃんとした奥さまの方は眼中にありません」と告げ口します。のちには王夫人まで槍玉にあげ、「大奥さまが奥さまをお気に召さないのは、二の奥さまと二の若奥さま（熙鳳）の差し金です」と譏る始末です。邢夫人がどんなにしっかりした心の持ち主であったとしても、女性は結局のところ猜疑心に駆られるのを免れませんから、近ごろではこのために心底熙鳳を憎んでいました。

それでもここまではあくまで個人的事情であり、具体的な対応次第でまだ穏やかに決着させることもできたであろう。しかしはちきれんばかりに膨らんだ憎悪は、相手を生かしつつ自分を保つという演技をする余裕を失わせてしまう。

邢夫人は晩になってひき下がる際、大勢の目の前で愛想笑いしながら熙鳳に頼みました。

「ゆうべ二の若奥さまにはお腹立ちになり、周執事のおかみさんに二人のばあやを縛らせたそうでございますが、はてどのような間違いを犯しましたものやら？　わたくしがお慈悲を乞うのは筋違いですけれど、おばあさまのおめでたい日とあって、精一杯お金やお米を施し、貧しい者やお年寄りに救いの手を差し伸べているのに、わが家で真っ先に人をいじめるのはいかがなものでしょう。わたくしの顔など立てないにしても、ここはおばあさまのお顔に免じて、あれたちを許してやっていただけないかしら？」

言い終わると、車に乗って行ってしまいました。

尤氏の体面に配慮し、きちんとけじめをつけようとした、というのが熙鳳の言い分であり、これはそれなりに正当な理由である。祝いを受けた当人であるおばあさまは熙鳳に味方して、

「それこそ鳳ちゃんが礼儀を弁えている証拠だよ。まさかわたしの誕生日だからといって、奴才《めしつかい》たちが好き勝手に主人の悪口を言うことを放っておいていいものかね。これは上の奥方が日ごろからいい目を見ず、かと言って怒りをぶちまけるわけにもいかないものだから、今日はこれをもっけの幸いに、これ見よがしに人前で鳳ちゃんの顔をつぶそうとしたのさ」。

と言っている。しかし王夫人が邢夫人を立てる形で、

「あなたのお義母さまのおっしゃることが正しいわ。珍兄さんの媳婦《およめさん》はよその人ではありません

から、そうした虚礼は必要ないでしょう。おばあさまのお誕生日だということが肝腎です。その者たちを許してやるのが適当でしょう」。

とたしなめるのも、まったく理不尽というわけではないだろう。つまりここでは、罰する立場と許す立場のいずれが正しいか、などという議論には意味がない。相手の立場を踏みにじることなく、両者ともに正しいと認める現実的な対応の仕方が求められているのである。それは妥協である。しかし大切な知恵でもある。それが失われた時、秩序は崩壊し、賈家は没落せざるを得ない。

＊

洗練された趣味を持つことが、対象を対象として見据えながら、自らを対象の内側に認める（対象が五感を支配する）ことであるならば、洗練された人間関係を維持することは、他者を他者として扱いながら、自らを他者の内側に見出す（他者がこのわたしを形成する）ことにならないだろうか。他者を他者として扱うという距離感、自らを他者の内側に見出すという一体感、この両者が融合した冷たく熱い感覚が見事な演技を生み出す。実体でなく関係性としてある秩序は、たんなる抑圧機構ではなく、多様な演技によって支えられる一種の表現様式である。没落してゆく大家族の生活を通して、『紅楼夢』は秩序の何たるかを描き出した。しかも天上と地上の世界を二重化することによって、秩序そのものが絶対的な立脚点としてたち現れる（あの秩序がこの秩序にとって替わる――万華鏡のように）ことに揺さぶりをかけ、その輪郭を曖昧にし、ぐらつかせるのである。一見無力なユートピアでしかない太虚幻境は、あらゆる秩序が自らの内側に孕む「まだ－ない」ものを象徴しており、それゆえ「いま－ここ」に実現を急がれるものとなる。だがその結果は皮肉にも、

仮の真となるとき真もまた仮
無の有たるところ有もまた無
仮が真となる時には　真もまた仮であり、無が有となる所では　有もまた無である。

という対聯（第一回）の範囲を出ない。ここに言われる「真－仮」や「有－無」は決して達観の表明ではなく、「無」から「有」を作り出そうとする力（永遠の秩序を確立しようとする力）こそ、「有」から「無」へ逃れ去る力（現在の秩序を破壊しようとする力）を喚起するのだという、逆説に満ちた認識を示している。たとえば大観園の造営と賈家の没落のように。このような認識があってはじめて、一つの秩序の中で生きることがたんなる戦術的問題（より優位に、より有利に）として矮小化されずにすむのである。

あるいは次のような言い方もできるのではないか。すなわち、「有」から「無」へ逃れ去る力は、何かを確立しようとしても、それがつねに「未完結」に終わることを余儀なくさせるが、一方で、「無」から「有」を作り出そうとする力は、未完結に終わってしまったものを絶えず「再生」しようと努めるのだ、と。そうであるならば、以下の考察は、『紅楼夢』が「人間の関係性」を主題に据えることで考

え抜こうとしたことの意味を、より大きな視点から捉え直すきっかけを与えてくれるのではないだろうか。

　ある事柄を根源においてとらえるということは、その事柄の事実として現われたものだけにとらわれているとらえ方とはまったく異なる。根源というのはその事柄の起源ではなくて、その生成の流れの中に渦巻のような形で存在し、固有のリズムを持っている。その固有のリズムを体得しなければその事柄の根源に迫ることはできないのだが、そのリズムの体得は、ひとつにはその事柄を古いものの再生としてとらえると同時に、他方ではその事柄を未完結なものと見なすという、二重の洞察を媒介にしてはじめて可能になる、というのである。このベンヤミンの考えを全共闘運動に適用してみると、こういうことになるだろう。私たちはこの運動が事実としてどんな風に起こり、どのような過程を経て、どんな結果を生んだかというように、事実的なものをいくら積み重ねてみたとしても、この出来事を根源においてつかんだことにならない。この全共闘運動が一方では古いものの再生、たとえばヨーロッパの異端宗派の運動や日本の一向一揆であるとか、あるいはパリ・コンミューンや第一次世界大戦後の評議会《レーテ》運動といったような、たとえ結果的には空しく終ったにせよ、一人ひとりの人間が自己の運命の主人であろうとして自発的に立ち上ったさまざまに異なる闘いの再生であるととらえると共に、他方ではこの運動を過去のこと、完結し片付いた事柄として歴史の向うへ押しやることを拒否し、私たちの現在の生き方、闘い方とあい関わらせ、私たちでその後史を作り続けることで、この出来事を未来に向けて開いたもの、その評価の定めえないものにしてゆかねばならない。（好村富士彦遺稿・追悼集『考えるとは乗り越えることである』（二九三～九四頁、三元社、二〇〇三年）

第四節　涙はどのように流されたか――「礼」との関わりをめぐって

『紅楼夢』において、「涙」が一つのキーワードになっていることは、作者がその執筆意図を表明した、

満紙《まんし》　荒唐《こうとう》の言《げん》
一把《いっぱ》　辛酸《しんさん》の涙《なみだ》
都《み》な云《い》う作者《さくしゃ》は痴《ち》なりと
誰《だれ》か其《そ》の中《なか》の味《あじ》を解《かい》さん。

書かれたことは　すべてでたらめ、絞る涙は　どこまで苦い。みな言う　作者は痴れ者と、読み解く人も無いままに。

という五言絶句から明らかだし（第一回）、また物語の基本構造も、絳珠草（黛玉）が神瑛侍者（宝玉）

の甘露の恩に報いるべく、「わたくしもまた下界へ降りて人間になり、一生のありったけの涙をお返しすれば、埋め合わせたことになりましょう」（同前）と決意したことに由来するのは言うまでもない。しかし、作品全体の意義と密接に関連する涙は、むしろ、

紫鵑や雪雁は日ごろから黛玉の気性を心得ています。何事もなく塞いで座っている時、眉を顰めているのでなければ、長いため息をついています。そのうえわけもないのにどうしたことか、いつも涙を流して乾く間もありません。最初のうちはまだ元気づけようとする人もおり、父母を思うのか、故郷を思うのか、つらい目に遭ったのかと、やむなく言葉を尽くして慰めていました。ところが一月《ひとつき》、一年経っても相変わらずなので、そうした様子をすっかり見慣れてしまい、誰もとやかく言わなくなりました」（第二十七回）

というように、黛玉の個性に集約されて物語の背景に退いており、決して読者に結論を急がせるものではない。

黛玉の流す涙が一種超越的な意味を持つのに対して、彼女（附随的に宝玉）以外の人々が流す涙は、あくまで物語の展開に沿っており、彼女もしくは彼たちが身を置く現実下の相対的な人間関係を忠実に反映している。涙は感情の激発を象徴しつつも、そのタイミングやスタイルにおいて、必ずしも「礼」の世界を踏み越えるものではない。一見、冷静さとは無縁に思われる涙だが、無意識のうちの心的機制

を露わにすることで、じつは礼のあり方を逆照射しているのである。

（二）　王熙鳳

集団における個人の、その時々の位置を定めるものが「礼」であるとすれば、それは一種の座標軸とみなすことができる。ただ、この座標軸には独自の特徴があり、それはたとえば、「東方倫理の欠点は、下位の者が上位の者に対して実践すべき道理を詳細に述べる反面、上位の者が下位の者に対して実践すべき道理を詳細に述べない所に在る。かくして家長制度が峻厳な専制であることが分かる。しかも女性を抑圧することにかけて、とりわけその程度が甚だしい。それゆえ、女性の徳とされるものはその多くが抑圧的で過酷である。これはじつに男尊女卑の観念に由来しており、封建専制の習慣がそうさせてきた。今日においては、これを是正しないわけにはいかない」*と指摘されるように、上位の者に対する下位の者の「身のこなし」を規定するものと言ってよい。むろん「涙」もまたその例に漏れない。もっとも厳格に形式が規定されるのは葬礼の場合だが、秦可卿の死後、王熙鳳は召使たちに次のような指示を出した。

「この四十人も二班に分かれ、もっぱらご霊前でお線香を上げお灯明の油を注ぎ足し、幔幕をかけて柩に付き添い、御飯やお茶を供え、ご遺族が声を上げて泣かれる時にはつき従って泣き声を上げるようにして、他の仕事には関わり無しとします」。（第十四回）

「ご遺族が声を上げて泣かれる時にはつき従って泣き声を上げる」という役割は、熙鳳自身の拝礼の場面で具体的に描かれる。

熙鳳はゆっくりと会芳園《かいほうえん》の登仙閣《とうせんかく》の霊前までやって来ますが、柩を見るやいなや、その目からは糸が切れた珠のように涙がポロポロと流れ落ちます。庭には大勢の小者が紙銭を焼くためにかしこまって控えています。熙鳳は一声言いつけました。

王熙鳳

「お茶を供えて、紙銭を焼きなさい」。

ジャーンと鑼《どら》が鳴りわたり、あらゆる楽器がいっせいに演奏され始めるや、早くも円形のひじ掛け椅子が一脚運び込まれて霊前に置かれます。熙鳳はそれに腰掛けると、大声を上げて泣き出します。すると屋内屋外を問わず、男も女も、身分の上下に関わりなく、熙

＊『孔子之学説』第三編（『教育世界』第二三期第一三号六四頁）。無署名の論文だが、仏雛は王国維の著作とみなす。『王国維哲学美学論文輯佚』（華東師範大学出版社、一九九三年）参照。

鳳の最初の一声を合図にして、全員がすかさず泣き声を張り上げるのでした。（第十四回）

形式を整えることが何より大切であり、その意識は「すかさず」という言葉に凝縮されているだろう。熙鳳が泣き出すタイミングを、今か今かと計りながら息を凝らす人々の緊張感が伝わってくるようだ。とは言え、葬礼の場合は、紋切り型の枠に沿って対応すればいいのだから、ある意味では気が楽である。*一方、必ずしも先の展開を読み切れない日常生活においては、つねに自分の判断に磨きをかけて、臨機応変に対応しなければならない。賈家の象徴的あるいは実質的な支配者であるおばあさまが黛玉と対面する場面（第三回）は、その典型的な例である。

部屋に入るや、両脇を支えられた銀髪の老夫人が出迎えるのが目に入り、黛玉はすぐに母方の祖母だと分かります。拝礼を行おうとした時、早くもギュッと抱きしめられ、祖母は「いとおしや！」と叫ぶと大声で泣き出しました。その場に控えて立っていた人々は一様に顔をおおって涙を流し、黛玉も泣きやみません。しばらくすると皆がゆっくり慰めて落ち着かせ、黛玉はようやく拝礼を行います。

娘を失った祖母と母を失った外孫娘の傷心の初対面に、一同が心から涙を流すのはむしろ当然と言えるかも知れないが、しかしそこでも分に応じた態度が求められる。遅れて登場した熙鳳の素早い対応は、それを強く印象づける。

この熙鳳は黛玉の手を取って、上から下までとっくりと眺めた後、またおばあさまのそばまで連れて行って座らせると、笑いながら言いました。

「世の中には本当にこんなに美しい方がいらっしゃるのですね。わたしは今日までお目にかかったこともありませんわ。しかも気品にあふれたお姿は、おばあさまの外孫娘どころか、直系の孫娘ではありませんか。道理でおばあさまが来る日も来る日も口になさり心にかけて、片時もお忘れにならなかったわけです。それにつけてもお気の毒なのはこちらのこうした不幸な命《さだめ》、どうしてよりによっておばさまは亡くなってしまわれたのでしょう」。

そう言いながら、ハンカチで涙を拭います。おばあさまは笑いながら言いました。

「どうにか持ち直したところだというのに、おまえったら、またわたしを悲しませようとするなんて！　おまえの妹は遠路はるばるやって来たばかりで、体も弱く、やっと慰めて落ち着かせたところなんですから、もう過ぎたことを持ち出してはなりません」。

＊　紋切り型を大きく逸脱したのが賈珍である。秦可卿の義父に当たる彼が「涙人」（第十三回）のように涙を流す様子は明らかに「過剰」であり、もちろん礼の規範を外れた行為にほかならない。それはもう一つの礼の規範を外れた行為、すなわち「密通」の裏返しだと言えよう。しかもきわめて意識的に、秦可卿の葬儀において、夫の賈蓉が悲しむ姿はまったく描かれていないのである。

煕鳳はそれを聞くと、急いで笑顔に戻して言いました。
「そうですね。こちらにお会いした途端、こちらのことばかり考えて、嬉しくもあり、悲しくもあり、なんとまあ、おばあさまのことを忘れてしまいました。すみません、すみません」。

ここでの煕鳳の振舞は満点と言えるだろう。黛玉を褒めそやす形を取りながら、じつはおばあさまのご機嫌を伺い、その心情に沿うべく涙をこぼす。しかし、愁嘆場はすでに過ぎ去ったと気づくや、一転して「無神経な」自分を責め、おばあさまの歓心を買う。その切り換えが鮮やかに映るのは、あくまで「礼」の基本（この場合であれば、つねにおばあさまを中心に考えるということ）に忠実でありながら、それをいかにも自然な感じでやってのけるからにほかならない。煕鳳ほど上手ではなくても、人々は自分の涙のみならず、他人の涙の流し方に細かい配慮をめぐらすのである。* それをまったく弁えることなく、自分の都合や利益にのみ心を奪われて周囲が見えない人間は、宝玉や煕鳳を呪い殺そうとした側室の趙氏のように、かえって大恥をかかねばならない。

四日目の朝になり、おばあさまたちが宝玉を取り囲んで泣き声を上げていた時、宝玉がパッと目を見開いて言いました。
「これより先、わたくしはもう皆さんのお宅に留まることはできません。早く後始末をなさって、わたくしを旅立たせて下さい」。

おばあさまはこの言葉を聞くと、心臓を抉られ肝臓を抜かれたも同然になります。趙のお部屋さんがそばで慰めて言いました。

「大奥さまにおかれましては、そこまでお悲しみになる必要はございません。坊ちゃまはもうダメでございますから、死装束をきちんと整え、少しでも早くあの世へ帰してあげて、苦しみから解き放たれるようにしてあげてください。いつまでも未練を残したままでは、呼吸を断つこともならず、あの世でお咎めを受けて成仏できなくなりましょう」。

この言葉が終わらないうちに、趙のお部屋さんはおばあさまからペッと唾を吐きかけられて罵られました。

「腐れ舌のバカ女！　誰がおまえにペラペラしゃべっていいと言ったのさ！　どうしておまえなんかにこの子があの世でお咎めを受けて成仏できないなどと分かるの？　どうしてダメになったと分かるの？　この子が死んでくれたら、おまえに何かいいことでもあるというわけ？　夢を見るんじゃないよ！　この子に万一のことがあったら、わたしはおまえたちを生かしちゃおかないからね。

＊　突発的な事態は、そうした日常的な配慮をめぐらすことの難しさを、かえって浮き彫りにする。たとえば、宝玉が父の折檻に遭った時、王夫人が賈珠の名を出すと、李紈はたまらず大声を上げて泣き出す（第三十三回）。日ごろは「枯れ木や燃え残りの灰」（第四回）のように暮らす彼女が、ここでは胸に秘めた思いを一気に吐き出している。それは賈珠に対する愛情というよりも、むしろ寡婦の本分に従うしかない自分に対する鬱屈した感情をこの機にぶちまけたという方が当たっていよう。思わぬ騒ぎの中で、彼女は礼に束縛されずに泣くことができたのである。自分も平児のような頼りになる侍女を残しておくべきだった、という嘆き（第三十九回）も、この延長線上にとらえることができるだろう。

これもすべておまえたちが日ごろ、この子に勉強させるよう父親をそそのかしてこの子の肝をつぶさせ、父親の姿を見たら鼠が猫を避けるも同然にしてしまったからじゃないの！　すべておまえたち淫売女がそそのかしたせいじゃないの！　こうやって死に追いやれば、おまえたちは願ったりかなったりなんだろうが、わたしは一人も許さないからね！」（第二十五回）

下位の人間にとって、「礼」とは直接自分のためにあるものではない。終始、格上たる相手のため、より正確に言えば、格上の相手の意識の中に現れる自分のために存在するものなのである。

さて、熙鳳の涙が戦略的効果を十分に発揮する典型的な場面として、賈璉の浮気事件がある（第四十四回）。よりによって、熙鳳の誕生日に召使の妻と事に及んだ賈璉は、その手のことに不慣れな侍女に見張りを命じたばかりに、あえなく現場を押さえられてしまう。


奥の方へ聞き耳を立てると、中から笑い声が聞こえてきます。その媳婦《にょうぼう》は笑いながら言いました。

「いつかあなたの閻魔夫人が死んでくれるといいのにね」。

「あいつが死んだ後、後添いもあんな風だったらどうするのさ」。

「あの人が死んだら、いっそ平児さんを正妻に直しなさいよ。たぶんまだマシだわ」。

「いまじゃ平児にすら触らせてもらえないもんな。平児も不満たらたらなんだが、口には出しかねているのさ。俺はどうして夜叉星とぶつかる命《さだめ》なんか背負ってしまったのだろう」。

怒り心頭に発した熙鳳は、まず罪も無い平児を、続いて召使の妻をひっぱたいた後、賈璉にむしゃぶりついて責め立て、ヤケクソになった賈璉の方も、壁に掛けてあった剣を抜いて、死ぬの生きるのと大騒ぎになる。

すったもんだの最中に、尤氏ら一群の人々がやって来て言いました。

「これはどういうことなの？　ついさっきまでご機嫌だったのに、騒ぎ立てたりするなんて」。

賈璉は皆の姿を見ると、酒の勢いを借りてますます放埒になり、居丈高な態度に出て、ことさら熙鳳を殺そうとします。熙鳳は人々がやって来たのを目にするや、それまでのじゃじゃ馬ぶりはどこへやら、皆をうっちゃって、泣きながらおばあさまのもとへ駆け込みます。

まさしく「夜叉星」として、だらしない亭主など基本的に問題にしていない熙鳳が、様子を見に来た尤氏たちにかきくどくこともなく、それまでの攻撃的な態度を一変させて、泣きながらおばあさまの下へ走り込んだのは、最高権力者であるおばあさまに対して、自分なら文句なく弱者として庇護してもらえるという自信があったからである。この時、弱々しい女を演じた彼女は、なんとおばあさまは、宝釵に会ってこのかた、彼女が落ち着いて穏やかなのが気に入り、〔賈家に来て〕最初の誕生日に当たるということで、自分から進んで二十両お出しになり、熙鳳を呼んでそれを渡すと、彼女のために酒席や芝居を用意させます。熙鳳は笑いながら冗談口をたたいて言いました。

「おばあさまたるお方が子供たちのために誕生祝いをしてあげることに、それがどのようであれ、誰が異を唱えたりいたしましょう。お酒の席やお芝居なんかも用意なさるのですか？　にぎやかにやりたいと望まれるからには、もちろんご自分で何両か出していただかねばなりませんが、よりによってこんなカビの生えた二十両の銀子を探し出してきて主人役をおつとめになるなんて、これは足りない分をわたくしに穴埋めさせようというお考えなんでしょう。本当に出せないというのならそれまでですが、金やら銀やら、丸いのやら平たいのやら、箱の底が抜けてしまいそうなくらいずっしりとお持ちなのに、ひたすらわたくしどもから巻き上げようとなさるのですからね。目を上げて御覧ください、誰が息子や娘とは違いまして？　まさか将来、宝さん（宝玉）一人だけが、おばあさまが五台山に登られるのをお送りするとでもいうのでしょうか？　ああした梯己《へそくり》もあちらだけに残しておられます。わたくしどもはいまそれに与る《あずか》資格などございませんが、だからと言ってわたくしどもをつらい目に遭わせなくてもよろしうございましょう。これでお酒に十分でしょうか？　お芝居に十分でしょうか？」（第二十二回）

と遠慮なく突っ込みを入れ、かえっておばあさまのご機嫌を良くする彼女と同じであり、また、

見れば李紈、迎春、探春、惜春をはじめ、あれこれの人々が怡紅院に入って行き、しばらくすると、また一組、また一組と引き揚げて行きます。ただ熙鳳の姿が見えないため、〔黛玉は〕なぜだろうと思案します。

「あちらはどうして宝玉さんを見舞いに来ないのかしら？　たとえ仕事が忙しくても、必ずやって来て如才なく振る舞い、おばあさまやおばさまのご機嫌を取り結ぶはずなのに。今日この時間になってもやって来ないのは、きっと理由があるんだわ」。

疑問に思いながら、改めて顔を上げて再び見たところ、きらびやかな一団がまた怡紅院に入って行くのが目に留まります。よくよく眺めて見ると、おばあさまが熙鳳の手にすがり、それに続いて邢夫人と王夫人が周のお部屋さんや侍女、媳婦《にょうぼう》たちを引き連れて院の中に入って行くではありませんか。黛玉は思わずうなずいて、両親のある人はいいなと思い、早くもまた涙でぐっしょり顔を濡らします。（第三十五回）

と、黛玉が納得する彼女と同じである。もちろん、その熙鳳にも、やがておばあさまの前で思い切り涙を流すわけにはいかない時が訪れる。邢夫人に人前で恥をかかされた時である（本書一二一頁）。

そこへ鴛鴦がいきなり近づいて熙鳳の顔をじっと眺めるものですから、おばあさまは思わず尋ねました。

「おまえはその子が分からないのかい？　じっと見つめたきりで、どうしたの？」

鴛鴦は笑いながら言いました。

「こちらのお目はどうして腫れていらっしゃるのでしょう。それが不思議で見つめてしまったのです」。

おばあさまはそれを聞くと、熙鳳を近寄らせて、しかと見つめます。熙鳳は笑いながら言いました。

「さきほどちょっと痒かったのでこすったところ、腫れてしまったのです」。

鴛鴦は笑いながら言いました。

「誰かさんにいじめられたのではありませんか？」

「誰がわざわざわたしをいじめたりするでしょう。たとえいじめられたとしても、おばあさまのおめでたい日ですもの、泣いたりなんかしません」。（中略）

鴛鴦は熙鳳が泣いていたことをとっくに琥珀《こはく》から聞き出しており、さらに平児の所へ行って理由を尋ねます。夜、人がいなくなった時を見計らっておばあさまに申し上げました。

「二の若奥さまはやはり泣いておられました。あちらの上の奥さまが人前で二の若奥さまの顔をつぶしてしまわれたのです」。

おばあさまがどういう理由かと尋ねたので、鴛鴦が説明したところ、おばあさまは言いました。「それこそ鳳ちゃんが礼儀を弁えている証拠だよ。まさかわたしの誕生日だからといって、奴才《めしつかい》たちが好き勝手に主人の悪口を言うことを放っておいていいものかね。これは上の奥方が日ごろからいい目を見ず、かと言って怒りをぶちまけるわけにもいかないものだから、今日はこれをもっけの幸いに、これ見よがしに人前で鳳ちゃんの顔をつぶそうとしたのさ」。（第七十一回）

それまでつねに過剰であることによって、むしろ「礼」を弁えた人間という印象をおばあさまに与えてきた熙鳳が、逆に控え目であることを評価されるというのは、まったく正当でありながら、やはり皮肉でしかない。賈家の没落は真近に迫っていた。

（二）　襲人と晴雯

さて、涙が一つの戦略であるとすれば、その典型的人物を取り上げ、また彼女と対照的な人物を取り上げないわけにはいかない。この二人をめぐるストーリーは、たんに錯綜する人間関係を巧妙精緻に描き出したというに止まらず、関係をあくまで現実的なものとして処理するか、それとも理念的なものとして問い直すかという、作品の基本構造と深く関わっている。その二人とは、襲人と晴雯にほかならない。「襲人の密告」と称され、圧倒的に評判の悪い襲人の涙はどのように流され、どのように「礼」にかなうものであったのか？　一方、晴雯の涙はどのように流されたのか？　さらに、「襲人－宝釵」と

襲人

「晴雯―黛玉」の投影関係はどのように考えればよいのか？

襲人の涙を考えるに際して、最も注目すべきことは、彼女がつねに宝玉の筆頭侍女、後には実質的な側室という自分の立場にきわめて忠実であったという点だろう。自分の立場にきわめて忠実であるというのは、すでにそれだけで十分「礼にかなう」ものである。もちろん、そのことを一方的に善もしくは悪と決めつけることはできない。しかし、「襲人はもともと眠ってはおらず、わざと眠ったふりをし、宝玉の気を引いて楽しくやろうとしていたにすぎません」（第八回）という彼女が、宝玉にとってよそよそしい存在へと変化したこと（第七十七回。本書七〇、一一五頁参照）は、彼女にとって何が一番大切であるかを端的に物語る。当初、夜中に「襲人」と呼びかけた宝玉が、やがて「晴雯」の名を呼ぶようになったことは、何よりも鮮やかな対比を成す。母親が危篤に陥ったため、襲人が実家に戻った際には、

三更を過ぎたころ、宝玉は夢の中で襲人を呼びます。二度ほど呼んだものの、何の応答もありません。目を覚ましたところで、ようやく襲人がいないことに思い至り、我ながらおかしくてたまり

ません。（第五十一回）

という宝玉が、後に晴雯が怡紅院を追い出されたころには、

宝玉は夜中にいつも目を覚まし、しかもきわめて臆病な質《たち》なので、目覚めると必ず人を呼びます。晴雯は寝ていても気配に敏《さと》く、しかも身のこなしが軽いので、夜中にお茶を出したり用事を言いつかったりする役目はすべて彼女一人が受け持つようになり、宝玉の手前のベッドにももっぱら彼女が休んでいました。いま彼女が行ってしまったため、襲人はやむなく〔どうするか宝玉に〕尋ねたのですが、それはこの役目が日中の務め以上に重要だと考えたからにほかなりません。宝玉がどうでもかまわないと答えたので、襲人はやむなく以前の習慣通り、自分の布団を運んで手前のベッドにしつらえます。その夜、宝玉はずっとボーッとしたままです。早く休むよう促して、襲人らも床に就きますが、気配を窺っていると、宝玉は枕元でしきりにため息をつき、何度も寝返りを打っています。三更を過ぎるとようやく寝入ったようで、少し寝息まで立てていたため、襲人もようやく安心して自分もトロトロ眠りかけますが、お茶を半杯も飲まない時間が過ぎたところで、宝玉の「晴雯！」と呼ぶ声が聞こえて来ます。（第七十七回）

というように、呼びかける相手は「襲人」から「晴雯」に変わっていた。無意識なればこそ、響く名前

はなおさら印象強く残る。たんなる習慣に見せかけながら、作者は宝玉が最終的に誰を選ぼうとしていたかを明示したのである。

いま話を戻しますと、襲人は幼い時から宝玉の性格が風変わりなのを目にしてきました。その悪戯好きで聞き分けのないこととときたら普通の子供の比ではなく、さらに奇妙キテレツで、口には出せないような悪癖がいくつか備わっています。近ごろでは祖母の溺愛を後ろ盾にしているために、父や母ですら十分厳しくしつけることができず、勝手気ままで好き放題、まともなことに努めるのを大いに嫌う有様がいっそうひどくなってきました。いつも諌めようとするのですが、聞き入れてもらえるとは思えません。今日は折よく身請けの話があったものですから、最初に嘘をついて彼の気持ちに探りを入れ、その意気を挫いたうえで、たっぷりお諌めしようというのでした。(第十九回)

「百年経ってもまだ覚えていますとも！　あなたさまのように、わたくしの話を馬耳東風と聞き流し、前の晩に言ったことを、次の朝にはもう忘れているお方と一緒になさらないでください」。

宝玉は彼女がどこか甘えたような怒りの表情を満面にみなぎらせているのを見て、こみ上げて来る感情を抑えきれず、枕元から一本の玉の簪《かんざし》を取り上げると、真っ二つにへし折って言いました。

「わたしがこれ以上あんたの言うことを聞かなかったら、こいつと同様だ！」

襲人は慌てて簪を拾って言いました。

「朝っぱらから何をわざわざ！　聞く聞かないなど別に大したことではありませんのに、こんな真似をなさる必要がございまして？」

「わたしがどんなに切羽詰まった気持ちでいるか、あんたに分かるはずないさ！」

「あなたさまでも切羽詰まるということをご存じですの？　でしたら、わたくしがどんな気持ちでいるか、察していただけますよね。さあ、早く起きてお顔を洗ってくださいな」。

そう言いながら、二人はようやく起きて身繕いにかかります。（第二十一回）

こうした態度はたしかに侍女としてあるべき姿を含んでいるかも知れないが、「ゆくゆくは栄華を誇る身になりたいと夢見ていた心」（第三十一回）を忍ばせていることも見落としてはならない。襲人が宝釵との関係を深めていったのは、現実の人間関係を現実的に処理することを優先する者同士が必然的に選ぶ道である。この「わたし」を形成するのはわたし自身ではなく、わたしが周囲と取り結ぶ関係なのだから。宝釵がその面で優等生であることは、いまさら述べるまでもない。*

＊　宝釵がとらわれているのは、まさしく調和を破らないこと、言い換えれば、礼の規範に則って無傷であることにほかならない。だからこそ非常識で無遠慮な兄の薛蟠が、おまえは「金玉縁」にこだわるから宝玉を庇うのだろう、と言い放った時、彼女はほとんどヒステリックな反応を示して悔し涙に暮れる（第三十四回）。これは例外的な振舞であり、それゆえに普段は見えにくい彼女の真の姿を露わにする。

そこへ宝釵がやって来て尋ねました。

「宝さんはどちらへいらしたの?」

襲人は笑みを含んで言いました。

「「宝さん」にどうしてお家でじっとしている暇《いとま》などございましょう!」

宝釵はそれを聞くと、内心了解します。さらにまた襲人が次のように嘆くのが耳に入りました。

「姉妹の皆さんは仲睦まじく、しかも程よく礼儀も弁えていらっしゃるというのに、夜昼かまわず大騒ぎなさるなんて! 人がどんなにお諌めしても、馬耳東風なんだから」。

宝釵はそれを聞くと、内心ひそかに推し量ります。

「この子を見損なってはいけないわ。話を聞いていると、なかなかの見識の持ち主ね」。

宝釵はそこで炕《オンドル》に座ると、ゆっくり世間話をしながら、彼女の年齢や家郷などについてそれとなく質問し、注意深く観察しますが、その言葉つきも志もたいそう敬愛すべきものです。(第二十一回)

もともとおばあさまの信頼が厚いからこそ宝玉の世話を任された(第三回)襲人は、宝釵との関係に有力な足場を見出した後、いよいよ王夫人との関係を絶対的なものにする。「襲人の密告」――賈政に手ひどく打擲されるに至った(第三十三回)宝玉の将来を案じて、ひたすら不安を訴える王夫人に対し、襲人は思いきった行動に出る。

襲人は王夫人がこのように悲しんでいるのを見て、自分も無性に悲しくなり、もらい泣きしてしまいます。また言いました。

「二の坊ちゃまは奥さまがお腹を痛められたお子さまなのですから、どうして可愛くないわけがありましょう。わたくしども召使としてお仕えする者にしましても、皆が心安らぐ日々を送ることができれば、それでもう幸せということになります。ただ今回のようなことが持ち上がりますと、安らぎすら望めません。日によらず時によらず、わたくしは二の坊ちゃまをお諫め申し上げてまいりました。ただ、どんなにお諫めしても心を入れ替えてはくださいませんでした。あいにくまた、ああした人々が近づきになろうとするときては、こんな風になられたのももっともでございます。すべてわたくしどもがお諫めしたことが、かえって良くない結果を招いてしまったのです。いま奥さまがこの話を持ち出されたついでと言っては何ですが、わたくしにはもう一つ気にかかることがございます。奥さまに申し上げて、ご指示を伺いたいとつねづね思っておりました。ただ、奥さまが疑惑を抱かれるようなことがあれば、わたくしの話が無駄になるだけでなく、この身を葬る場所すらなくなってしまうのではと、それればかりが気がかりなのでございます」。（第三十四回）

何か理由があると悟った王夫人に促されて、襲人は宝玉を大観園から出すようはっきりと勧める。色恋沙汰があったのかと仰天する王夫人を落ち着かせながら（侍女とはいえ、張本人たる彼女（第六回）にとっては皮肉な役回りかも知れない）、偶然にも宝玉の胸の内を聞かされた（第三十二回、本書一九頁）ことにより、その可能性を持つ人物として、明らかに黛玉を念頭に置きつつ、次のように申し上げた。

「いま二の坊ちゃまも大きくなられましたし、奥のお嬢さま方も大きくなられました。ましてや林のお嬢さまと宝お嬢さまは従姉妹に当たられ、姉妹とは申せ、男女の分というものがございます。終日一緒にお過ごしになるのは具合が悪く、人の気を揉ませることにもなり、外の人々からも体面を成していないように受け取られかねません。家庭内のことは、ことわざにも「事没《な》きに常に事有るを思う（転ばぬ先の杖）」と申します。世間のさっぱり糸口がつかめない事柄は、その大半が、何の気なしにやったことを、含むところのある人がいかにも意味ありげに仕立て上げて、悪しざまに言ったものにほかなりません。あらかじめ用心しておかないと、とんでもない結果を招いてしまいます。二の坊ちゃまの日ごろのご性格は奥さまもご存じの通りです。しかもよりによってわたくしどもの中に混じり込んで騒がれるのがお好きときています。もしも油断して、周りの者が少しでも過ちを犯したら、事の真偽に関わりなく、大勢の口の端に上ってしまうでしょう。ああしたつまらぬ手合いときたら、何はばかることなく口に出し、自分の思い通りにいく時は、菩薩さまよりすばらしいなどと褒めそやすくせに、思い通りにいかないとなると、犬畜生以下に罵り倒しかねません。将来二の坊ちゃまが人から良く言われれば、誰もが平穏無事でいられるというだけのことですが、もしも悪く言われようものなら、もちろんわたくしどもの罪はこの身を粉々にするほどに、この上なく重大です。しかしそんなことは取るに足りません。肝腎なのは先々二の坊ちゃまの名声や品行に傷がついて取り返しようがなくなることです。それに奥さまも旦那さまに合わせるお顔がないのではありますまいか。ことわざにも「君子は未然に防ぐ」と申します。これを機会に疑惑を回避なさるのがよろしいかと存じます。奥さまは何かとお忙しいので、そこまでお考えが行き届かないのも無理はありません。わたくしどもが思い至らないのであればそれまでですが、思い至った以上、もしも奥さまに申し上げなければ、罪はますます重くなってしまいます。近ごろわたくしはこのことのために昼も夜も心を悩ませてまいりましたが、人に打ち明けるのもはばかられ、灯《あかり》だけが知っているという次第です」。

襲人の涙は「礼」に忠実であるがゆえに、彼女が欲する人間関係の強化に役立ったし、彼女自身、そのことを自覚、悪く言えば計算していた。別に涙に限らず、彼女の感情の表出は、宝玉を「礼」の枠に押し戻そうという試みにとって、つねに有力な手段であったが、それは結局、彼女自身の将来の約束と引き替えに、宝玉以下、他者に対する抑圧と、自分に対する自己規制を強めていくことになった。晴雯が怡紅院を追い出された直後、「一人一人の過ちを母上はすべてご存じなのに、どうしてあんたと麝月や秋紋だけは咎め立てされなかったんだろう」（第七十七回）という宝玉の疑問に返す言葉も無く、また「ただ、晴雯だけはあんたたちと同様に、小さい時からおばあさまの部屋で過ごしてきた。人より器量好しだけれど、それが何かの妨げになるはずもない。たしかに竹を割ったような性格で、歯に衣着せぬ口のきき方をする所があったにしても、あんたたちの恨みを買うことなんか決してなかった。おそらく

晴雯

あまりに器量好しに生まれついたために、かえってそれが仇になったのだろう」という推量に、自分が疑われているのではないかと思わざるを得なかった時、襲人はもはや宝玉にとって、素直に心を開くことがためらわれる、煙たい存在でしかなかったのである。

では晴雯の方はどうか。彼女が涙を流す場面は二か所である。最初の場面は宝玉に対する徹底的な「抗戦」だが、襲人と違って、それを何かに役立てようなどという計算はまったく働いていない。八つ当たりする宝玉に真っ向から反撃を加え、ついでに「出来の良い」襲人にまで強烈な一言を浴びせて、一歩も引こうとしない。「礼」などという言葉を、彼女は一瞬たりとも思い浮かべなかったことだろう。

宝玉は内心鬱々として楽しまず、自分の部屋に戻ってもため息ばかりついています。あいにく晴雯がやって来て着替えを手伝っている際に、うっかりまた扇子を手から滑らせて落とし、その骨を踏み折ってしまいます。宝玉はそこでため息をついて言いました。

「バカ、バカ！　将来どうなるんだろう？　この先あんたが自分で家事を切り盛りしていく時にも、まさかこんな風に後先の考えもないというのではあるまいね」。（第三十一回）

そう小言を言われた晴雯は、扇子を一本折るくらい、普段なら何でもないことなのに、どうしてそんなにブツブツ言うのか、気に入らなければ自分たちを追い出して、別の人間を雇えばいい、と切り返す。逆襲された宝玉が怒りで身を震わせているところへ、襲人がやって来て、「わたくしがちょっと目を離すと、すぐに事が起こる」と言ったものだから、晴雯のプライドは大いに傷つき、「立派にお仕えしているからこそ、昨日はみぞおちにひと蹴り頂戴したというわけです（第三十回）。わたくしどもはろくろくお仕えもできませんから、明日になったらまたどんな罪に問われますことやら！」と強烈な皮肉を飛ばして、襲人の鼻っ柱をへし折る。それでも我慢の襲人だったが、自分と宝玉のことを不用意に「我們《わたしたち》」と言ったため、事態はますますややこしくなる。

晴雯は彼女が「我們《わたしたち》」と言ったのを聞くと、もちろん彼女と宝玉のことですから、思わずまた嫉妬の念にかられ、何度か冷笑して言いました。

「你們《あなたたち》というのが誰を指すのか、わたしには分かりません。你們のことでわたしに恥ずかしい思いをさせないでいただきたいわ！　你們がコソコソやっている例の事にしたって、わたしを騙しおおせるはずもないのですからね。「我們」と口にする資格がどこにあるの？　表向きにはお部屋さんの地位にすらよじ登っていないじゃないの！　わたしと似たり寄ったりのくせして、「我們」に見合う資格がどこにあるの？」

こうなればもう売り言葉に買い言葉、恥ずかしさで顔を真っ赤にする襲人の傍らで、宝玉は明日にでも彼女を取り立ててやると言う一方、晴雯に向かって、ここから出たがっているようだから、そのように取り計らおう、と宣告する。もちろん晴雯はショックを受けるが、哀願して詫びを入れるようなみっともない態度は取らない。

「わたくしがいつ騒いで出て行こうとしました？　お怒りになられたからといって、また何の彼《か》のとわたくしを脅しつけるなんて！　どうあっても申し上げにいらっしゃるというのであれば、わたくしはここで頭をぶつけて死のうとも、この門を出て行きませんから！」

と、あくまで抵抗の構えを見せる。あれよあれよと話がよじれていく有様は、まさしく他愛もない口喧嘩の典型だが、晴雯の歯に衣着せぬ物の言い方は、絶えず右顧左眄《うこさべん》することで形を整える鈍重な「礼」の世界を真っ二つにする爽快感と危険性に満ちている。この諍いが、扇子を次々と真っ二つに引き裂くことで決着しているのは、まことに象徴的であると言えよう。

もう一か所は、怡紅院を追い出された後、宝玉が晴雯をこっそり訪ねて来る場面である。彼女の訴えには、自分の真情を真情のままとして、それを何かに役立てようとしなかったことが最悪の結果を招いたことに対する悔しさと憤りがあふれている。

そのとき晴雯は風邪を引き込んだうえに、兄嫁から嫌みを言われて、ますます病気が重くなり、一日じゅう咳き込んだあげく、やっとうつらうつらしたところでした。ふと誰かが自分を呼ぶのを聞き、強いて目を開けて見ると、なんと宝玉ではありませんか。驚くやら喜ぶやら、悲しいやら痛々しいやら、急いで彼の手をギュッと握りしめます。ひとしきりしゃくり上げた後、ようやく言葉を絞り出しました。

「もうお目にかかれないと思っていました」。

そう言いながら咳き込んでやみません。宝玉もしゃくり上げるしかありません。（中略）晴雯はしゃくり上げながら言いました。

「申し上げることなどございません。その時その時を堪え忍び、その日その日を堪え忍ぶだけのことです。どのみち三日か五日でお終《しま》いになることは自分でも分かっていますが、ただ一つだけ、死んでも死にきれないことがあります。わたくしは他の人よりちょっと器量好しだとはいえ、あなたをこっそり誘惑するような真似は何一つしていません。それなのにどうしてわたくしのことを女狐だと決めつけるのでしょう。わたくしは絶対に承服できません。いまやすでに事実無根の悪名を担わされ、しかも死に瀕しています。繰り言を申し上げるわけではありませんが、もっと早くにこうなることが分かっていたら、わたくしにも別にやり方がありましたでしょうに！　思いがけずおバカさんのままで、「みんなどのみち一緒にいるんだ」と信じ込んでおりました。なんとこんな話をでっち上げられて、無実を訴えようにもそのすべがないのです」。（第七十七回）

襲人、鴛鴦、平児など、誰からも賞賛される他の侍女たちとは違って、彼女はあくまで侍女という身分に進んで折り合いをつけることを拒む自由な精神を貫いた。だからこそ、「礼」の世界の無慈悲なまでの報復を受け、誰にも看取られることなく死んだのである。まるで許されないことが彼女自身の存在の証でもあるかのように。

さらに注目すべきことがある。すでに見てきたように、襲人にとって宝釵はなくてはならない人物だが、晴雯にとっての黛玉（さらに黛玉にとっての晴雯）とはどんな存在だったのか。これは作品全体の構想を考える上でも、非常に興味深い問題である。襲人と宝釵が、人間の関係性を具体的に規定する礼教規範＝身分秩序（彼女たちにとっては侍女と令嬢）を前提として相互に認め合い、現実的な結びつきを強化してゆくのに対し（たとえば第二十一回、第三十二回）、晴雯と黛玉の方は一向に交わることがない。宝玉を訪ねてきた黛玉を門前払いするという罪作りなことをしたのは晴雯であるし（第二十六回）、扇子騒動の際には、「晴雯はそばで泣いていましたが、口を切ろうとしたところへ、黛玉が入って来るのを目にしたので、出て行きます」（第三十一回）と、言葉も交わさない。

最も重要な場面においても二人は噛み合わない。父親に打擲された自分をこっそり見舞いに来てくれた黛玉の様子を気遣って、宝玉が使いに出したのは晴雯だった（第三十四回）。しかも用意周到に、襲人を宝釵の所へ行かせてから、そう命じたのである。かたや襲人は宝釵の所へ、かたや晴雯は黛玉の所へ向かったわけだから、全篇の鍵を握る箇所になっても不思議ではない。ところが、まったくそうはならなかった。晴雯は結局のところ、宝玉と黛玉の思いを理解できないままに終わる。しかしこのことは別に晴雯の不名誉でも何でもない。襲人と宝釵が現実の秩序に沿って強力な絆を結んだからと言って、晴雯と黛玉が、何らかの形で互いを認め合って対抗するなどというおあつらえ向きの図式は、どこにも用意されていないからである。第三十四回の二人の会話は全篇を通じて唯一のものだが、「晴雯が入って行くと、中は真っ暗で灯《あかり》も点《とも》っていません」と、それが漆黒の闇の中で行われたことは、二人の関係にとって象徴的である。

晴雯と黛玉がそれぞれ宝玉に対して抱く感情は、他人にとってはもちろんのこと、お互い同士にとってもまったく理解不能であり、自分自身にとってもまた、闇の中を手探りで歩むように育んでいかねばならなかった。襲人と宝釵の場合とは異なり、晴雯と黛玉には二人を結びつける現実的な媒介項など存在しない。その身分にふさわしく献身的に振る舞うべき侍女（やがては側室）とその主人という従属関係は、晴雯にとってまったく問題にならなかったし、両家の絆を強化する役割を期待される令嬢（すなわち正夫人）とその夫という従属関係もまた、黛玉にとって意識の埒外にあった。侍女と令嬢が本来従うべき秩序から限りなく逸脱してゆく二人を真に理解するには、侍女と令嬢という区別そのものを超越した地点に立たねばならない。しかし晴雯にとって黛玉はあくまで令嬢でしかなく、黛玉にとっても晴雯はあくまで侍女にすぎなかった。

『紅楼夢』の中で唯一その可能性を持ち得たのは、そうした区別の外側にいた宝玉だけである。彼の夢想する少女世界（ほかならぬ太虚幻境）が大観園において完全に実現されたとすれば、晴雯と黛玉も、それぞれが求めたものの先に互いを見出すことができたかも知れない。しかし、その可能性が現実的にはゼロである限り、彼女たちは孤独な歩みに耐え、最終的には挫折するしかなかった。一つの秩序を拒むことは、決して別の秩序を引っ張り出してそれに安住すること――『紅楼夢』に即して言えば、晴雯や黛玉をハッピーエンドに導くこと――と同義ではない。すれ違いに終わった闇の中の会話は、逆に人間の関係性に対する『紅楼夢』の透徹した認識を如実に物語っていると言えよう。

第二章　作品の背景

第一節　曹寅の活躍――『紅楼夢』の遠景として

『紅楼夢』成立の背景、とりわけ「建国以来の名門賈家」をイメージするうえで、欠くことのできない人物が存在する。この章では、まずその人物の特異な経歴を追ってみたい。

曹寅《そういん》は順治十五年（一六五八）九月七日に生まれ、康熙五十一年（一七一二）七月二十三日に死んだ。あざなは子清《しせい》といい、荔軒《れいけん》、楝亭《れんてい》などと号した。満洲正白旗に属する包衣《ボーイ》（主人と密接な隷属関係にあって、忠実に奉仕する者の意）である。この曹寅に関して、袁枚《えんばい》（一七一六～九七）は『随園詩話《ずいえんしわ》』巻二に次のような話を載せる。

康熙《こうき》年間、曹楝亭は江寧織造《こうねいしょくぞう》となり、外出するたびに八頭立ての馬車に乗ったが、必ず書物を一冊携えて、ずっとそれに目を通していた。ある人が、「あなたは本当に勉強好きですね」と言うと、「違います。わたしは地方官でもないのに、人々がわたしに会うと必ずかしこまって立つものですから、内心落ち着かず、それゆえ読書に事寄せて見ないふりをしているのです」と答えた。江寧太守の陳鵬年《ちんほうねん》とはもともとウマが合わなかったが、陳が罪を得ると、ひそかに上奏して推薦した。これによって人々は曹楝亭を重んじた。

ここから二つのことが読み取れるだろう。一つは、江寧織造（後述）という地位に就き、八頭立ての馬車に乗る曹寅が、地方官でもないのに、人々に対して日ごろから大きな影響力を持っていたこと、そしてもう一つは、好意的に解釈すればの話だが、じつのところ彼はなかなかの読書家で、照れ隠しに「読書に事寄せて」と答えたのかも知れないということである。金埴《きんしょく》（一六六三～一七四〇）の『不下帯編《ふかたいへん》』巻一に載せる話も引く。

江寧織造の曹子清公の詩に、「賺《か》ち得《え》たり　紅蕤《こうずい》の剛《わず》かに半《なか》ば熟《じゅく》せるを、知《し》らず　残夢《ざんむ》は揚州《ようしゅう》に在《あ》るを」とあり、日ごろから自慢の一句だった。この年、両淮塩政《りょうわいえんせい》を兼ね、最後は淮南《わいなん》の役所で亡くなったから、詩讖（先の事を見通した詩）である。公はもともと詩を作るのが好きで、才能をほしいままにしていた。宮中で刊行する書籍について、たびたびその監督を命ぜられ、彫版の精巧さは宋版に勝るほどであった。いま海内の「康版書《こうはんしょ》」と称するものは、公から始まる。

この記事によると、曹寅は両淮塩政（後述）を兼ね、また見た目が美しい木版本の出版者としても有名だったわけで、その活動分野はかなり広いと言えるだろう。第一級の人物とは言えないが、康熙という時代、江南という地域における政治と文化の中でその生涯を考えてみると、彼ならではの存在意義を保っているように思える。

一　康熙帝と曹寅の関係

江南における曹寅の活動は、彼が蘇州織造となった康熙二十九年（一六九〇）から始まると言えるが、まず曹家の歴史をひとわたり眺めておこう。康熙六十年（一七二一）に出された『上元《じょうげん》県志』巻十六の「曹璽《そうじ》伝」には、次のように記す。

曹璽、字は完璧《かんぺき》。その祖先は宋の枢密武恵王の曹彬《そうひん》に発し、後に本籍を襄平《じょうへい》に移した。祖父の世選《せいせん》は瀋陽《しんよう》の長官となって名声があった。世選は振彦《しんげん》を生んだ。振彦は当初から天子に付き従って〔山海〕関を越え、浙江塩法参議使まで昇格を重ねて、璽を生んだ。璽は若くして学問を好み、冷静沈着で大志があった。壮年に及んで侍衛に任ぜられ、天子の軍隊に随行し、山右（山西省）に遠征して功績があった。康熙二年、勅命によって江寧織造となった。織造の業務は繁忙を極めたが、璽が着任すると、積弊は一掃され、その才能と見識は天子に重んぜられた。丁巳、戊午の両年（康熙十六、十七年）に天子に謁見し、江南の治世の状況を述べて、非常に詳細であった。蟒服《ぼうふく》（皇族や大臣が着る礼服）を賜り、正一品を加えられ、「敬慎」の匾額《へんがく》を御書された。甲子（康熙二十三年）に任地で亡くなり、名宦祠に祀られた。

子の寅は、字を子清といい、茘軒と号した。七歳で四声（漢字音の四種の声調）を弁別することができ、長じては弟の子猷《しゆう》とともに性命の学（理学）を講じ、とりわけ詩作に秀で、兄弟揃って父祖の立派な業績を受け継いだ。璽が亡くなると、詔を下して内務府の少司寇に昇格させ、江寧織造を引き継がせた。勅命により通政使の官位を加えられ、巡視両淮塩政を兼ねた。一年で内府（宮中の倉庫）の金百万を融資し、償還できない者がいれば減免することを請願したので、商人は祠を立てて祀った。勅命を奉じて『全唐詩《ぜんとうし》』、『佩文韻府《はいぶんいんぷ》』を編纂し、『楝亭詩文集』を著して世に行われた。孫の顒《ぎょう》は、字は孚若《ふじゃく》という。〔江寧織造の〕職務を継いで三年後、都に赴いた際に病気に罹ったため、天子は日々太医（宮中の医者）を遣わして治療させたが、まもなく亡くなった。天子はしきりに嘆息し、そこで次孫の頫《ふ》に命じて、また江寧織造の職を継がせた。頫は、字は昂友《こうゆう》という。聖人の教えを好んで学問に励み、父が務めて善行を聞こうとした態度を受け継ぎ、父の徳ある言葉を実行したので、曹氏には代々すぐれた人物が現れたと、識者は評した。

曹璽から曹頫まで、三世四代にわたってその任にあった江寧織造は、三つの織造（他に蘇州と杭州）の一つで、明代に設置された機構である。明では宦官の缺《ポスト》だったが、清朝になると内務府の管轄下に入る、つまり包衣の缺となった。しかも曹璽が任命された康熙二年（一六六三）からは「専差久任（一人が長らくその地位を占める意）」の職となり、『〔乾隆〕江南通志』巻一百五によれば、

曹璽　満洲人。康熙二年任。　　桑格　満洲人。康熙二十三年任。
曹寅　満洲人。康熙三十一年任。　曹顒　満洲人。康熙五十二年任。

曹頫　満洲人。康熙五十四年任。　隋赫徳　満洲人。雍正六年任。

というように、桑格《そうかく》の在任期間を除いても、五十年以上曹家が独占している。蘇州織造についても事情は同じであり、曹寅の後を承けて、康熙三十二年（一六九三）から六十一年（一七二二）まで長らくその任にあった李煦《りく》（一六五五～一七二九）は、曹寅の義兄に当たる。また康熙四十五年（一七〇六）から雍正五年（一七二七）まで杭州織造をつとめた孫文成《そんぶんせい》も、曹寅の母方の親戚である。織造処は宮中および官用の各種織物を製造しており、彼らはその総責任者なのだが、先に引いた『上元県志』にも、「丁巳、戊午の両年（康熙十六、十七年）に天子に謁見し、江南の治世の状況を述べて、非常に詳細であった」というように、その任務は織造処の監督に止まらない。包衣出身の彼らは、いわば身内の人間として、王朝交代の余燼くすぶる江南地方の社会情勢全般に目を光らせ、その結果を密奏する義務を負っていた。中でも大きな役割を演じたのが曹寅である。

曹寅が康熙帝に見込まれた理由として、次のようなことが考えられよう。一つは、父の曹璽が二十年余り積み重ねてきた江寧織造の実績である。熊賜履《ゆうしり》（一六三五～一七〇九）の「曹公崇祀名宦序」（『経義堂集』巻四）には次のように言う。

国家は織造処を江蘇・浙江に設けて、祭祀や賜与の用途に応じ、内務府の製作担当官を派遣して統括させた。前代（宋代）の文思院で絹織物を作らせた遺風のようだが、職責はさらに重くなった。

康熙癸卯（二年）、完璧曹公は長年にわたり培《つちか》った人望によって勅命を賜り、江南に赴任して事に当たった。金陵（南京）はもとより繁華の地であるから、たやすく意外な事が起きて放埓沙汰が頻発し、非常時には不逞の輩が徒党を組んで悪事を働こうとする。公は赴任するや、力を尽くして混乱を解消し、それまでの陋習を一掃し、また絶えず民衆が苦しむ原因に耳を傾けて、早急に事態を改善するよう躊躇なく上申して、困難な状況から救い出した。かくして二十余年、甲子（康熙二十二年）の夏に及んで、過労のため在任中に亡くなった。

曹璽と康熙帝の関係は、「曹璽を重用して織造を三年任期から専任に変えようと、三品から一品に抜擢しようと、彼らの間柄は結局のところなお単純な君臣関係だった」（劉長栄「玄燁和曹寅関係探考」『紅楼夢学刊』一九八一年第一期）かも知れないが、父親が江南の官場で相当の成果を上げたことは、当然息子に有利に働く。康熙三十一年（一六九二）、曹寅が江寧織造に任ぜられたことについて、宋犖《そうらく》（一六三四〜一七一三）は「寄題曹子清戸部楝亭詩」（『綿津山人詩集』巻二十五）の序で、

ほどなく、子清はまた白門（南京）に転任した。十年を経て、父と子が相次いで同じ官職に就いたことから、士大夫はめでたいことだと伝え広め、〔それを祝う〕題詠はますます増えた。

と述べるが、美談佳話は喧伝されるに越したことはない。一つは、母の孫氏《そん》と康熙帝の関係である。

蕭奭《しょうせき》の『永憲録続編《えいけんろくぞくへん》』によると、孫氏は康熙帝の保母をつとめている。また康熙三十八年（一六九九）の第三次南巡（江南巡行）の際、孫氏が康熙帝から「萱瑞堂《けんずいどう》」の三字を賜ったことを記念して作られた、馮景《ふうけい》（一六五二〜一七一五）の「御書萱瑞堂記」（『解春集文鈔』巻四）は次のように記す。

康熙帝（『清代宮廷生活』より）

　康熙己卯（三十八年）夏四月、皇帝は江南巡行の際に、江寧織造の曹寅の役所に滞在された。寅は父の官を継ぎ、代々お仕えしている身近な家臣にほかならなかったので、老母の孫氏を奉じて拝謁した。皇帝は孫氏を見てお喜びになり、しかもこれをいたわって、「これはわが家の老人である」とおっしゃり、贈り物は厖大な数に上った。たまたま庭に諼花《わすれぐさ》が咲いていたので、「萱瑞堂」の三大字を御書して賜った。歴史書を繙《ひもと》いて見たところ、高齢で召し出された大臣の母は、ただ「老福」と称されただけで、親筆を賜った例はない。

　この時、孫氏は六十六歳。七十五歳まで生きた母に与えられた恩顧と名誉は、そのまま息子のそれでもあった。* さらに康熙十八年（一六七九）、曹寅の最初の詩集『茘軒草《れいけんそう》』に顧景星《こけいせい》（一六二一〜八七）が寄せた序文には、

『茘軒草』は侍中曹子清の詩集である。子清は建国の名門の出身で、華麗なる江南の地で育ち、束髪（十五歳）で詩詞や経書の学問によって大人たちを驚かせ、神童と称された。舞象（十三歳）で、宮中に入って近臣となった。

とあり、彼自身も少年時代に康熙帝の側近になったようである。曹璽が死んだ康熙二十三年（一六八四）は第一次南巡の年に当たるが、熊賜履は先ほどに続けて、

亡くなった年の五月、天子は巡幸して秣陵《まつりょう》（南京）に足を伸ばされた際、直接その役所に赴かれて遺児たちを慰め、特に内務府の大臣を遣わされて、上等の酒で公（曹璽）を奠《まつ》らせ、「朕の忠臣で、朕の為にこの地方の人々に恩恵を施した者である」と仰せになった。

と記しており、曹家に対する康熙帝の親近感や信頼感が窺い知れよう。曹寅の起用はまさしくその現れであった。

＊　朱淡文氏は「曹寅小考」（『紅楼夢学刊』一九八二年第三期）の中で、曹寅を庶長子（母は顧景星の妹）、弟の宣（または荃、字は子猷）を嫡子（母は孫氏）とする。もちろんその場合でも、孫氏の名誉が曹寅の名誉であることに変わりはない。

二　江南の情勢に関する曹寅の上奏文

康熙帝は曹寅にあらゆる情報の提供を求めたが、中でも天候、作物の出来具合およびその価格といった、民衆の生活に直結する問題については神経を尖らせている。

江南は太平無事で、目下のところ米価は非常に安く、糙米（玄米）は価格が八、九銭、熟米（精米）は一石につき一両です。大麦はすでに収穫を終え、収穫前の小麦もいずれ続々と出回るでしょう。農夫は、「今年の大麦と小麦は一畝で二畝の利益があります。大豊作です」と申しています。しかも雨は程よく降って、田植えをするのに十分であり、誰もが歓喜して天子さまのご恩に感激しています。江寧の四月のあらゆる晴雨録を、謹んでご覧に供します。謹んで摺《しょう》（機密の書類）を具《そな》えて上奏し、伏してご賢察を乞う次第です。（康熙四十九年五月二日）

硃批（朱筆のコメント）：朕はこの摺を見て、おのずと精神が百倍元気になった気がする。まして畿内は天候が順調で、麦はすでに熟し、人民は安楽に暮らしている。特に爾《なんじ》にこのことを伝えて、心配しないですむようにしてやろう。

こうした天候や米価に関する奏摺《そうしょう》（天子に奉る文書）は、次の曹顒、曹頫の時代にもきちんと差し出されている。

情況報告ばかりでなく、地方官と協力して実際に米価を安定させることも、彼の大きな任務だった。

臣寅《いん》は三月二十日に総管内務府の文書を受け取り、上諭を奉じました。「江寧織造が備蓄する銀のうち、小口の銀は従来通り倉庫に残したまま、銀一万両を動かし、曹寅に命じて〔両江〕総督の阿山《あざん》と合同で、人を遣わして湖広や江西など米の値段が安い所へ行って買い付け、〔その結果を〕上奏させせよ。これを欽《つつし》め」とありました。

欽んで遵《したが》い、ただちに総督阿山と協議して、事情によく通じた人に委嘱し、湖広や江西などに赴いて確実に調査させ、米の値段が安ければ、すぐさま買い付けを実行します。江南省は長江の上流、下流ともに去年は豊作でした。そこで近ごろ山東から米の買い付けにやって来る者が多く、また端境期ということもあって、現在の時価は、熟米が一石あたり銀九銭一、二分前後、倉米（備蓄米）が一石あたり銀八銭三、四分前後です。聞くところでは、江西の最近の米価は湖広より高く、湖広の値段はまた江寧より安いとのことです。往来する米穀商人に対する聞き取り調査によればそのようでした。湖広や江西は六月の初めに収穫の時期を迎えるので、その時には米価がぐんと下がる見込みであり、五月中にはあらかじめ豊凶を定めることができます。委嘱した人が向こうへ行って確実に調査するのを待ってから、買い付けを行う一方、阿山と合同で摺を具えて上奏します。謹んで先んじて上奏し、伏してご賢察を乞うた後に実行に移したいと思います。（康熙四十三年四月一日）

治安の問題も決してゆるがせにできない。民衆や地方官の動向に目を光らせて、手に入れた情報は細大漏らさず報告し、康熙帝の指示があれば、さらに詳しく調査した。曹寅の活動の中で最も分かりにくい部分と言えよう。康熙四十七年三月一日の奏摺は、「臣《わたくし》が知り得た情報では、四明山《しめいざん》は福建に通じ、昔から盗賊の巣窟です」と切り出している。しかし、四明山はたんなる盗賊の巣窟ではなく、反清運動の拠点という性格も具えていた。曹寅や李煦の奏摺に出て来る朱三太子《しゅさんたいし》や張廿一《ちょうじゅういち》、廿二《じゅうじ》兄弟の勢力はなかなかのもので、鎮圧にはかなり手を焼いたらしい。また三月一日の奏摺に見える僧一念《いちねん》も、康熙四十六年（一七〇七）十一月二十六日に、「紅い布で頭を包み、大明《だいみん》の旗を立てて、強盗を働いた」という一党の頭目で、翌年六月十八日に逮捕されるまで、「民を聚《あつ》めて事を起こす」行動を繰り返している。

明朝復興を標榜する動きに対しては徹底した取り締まりを行う一方、明朝の歴代皇帝には相応の敬意を表し、それによって幾分なりとも人心を収攬しようというのが、清朝の基本的な政策だった。南京にある明の太祖洪武《こうぶ》帝の陵墓について言えば、康熙帝は六度にわたる南巡の際、必ずこれを祭り、その都度細かい演出もやってのける。康熙三十八年（一六九九）の第三次南巡では、「洪武帝は英武偉烈の君主であるから、尋常の帝王とは比べものにならない。（中略）朕が直接出向いてお祭りしよう」と、いかにも神妙に振る舞って見せたし、康熙四十六年（一七〇七）の第六次南巡の際にも、「急に暑くなってきたことなど取るに足りない。朕はどうあっても直接出向く」と言って、臣下の諫めを聞き入れない。洪武帝の陵墓が明朝の象徴であり、それを保護することが清朝にとって政治的効果を持つ以上、ないがしろにすることは許されない。そしてその責任は当然曹寅にもかかってくる。第三次南巡の際、陵墓の荒

れた様子を見た康熙帝は、曹寅らに修復工事を命じた。この工事に関する曹寅の奏摺は、

署総督の臣陶岱《とうたい》、巡撫の臣宋犖が、臣寅《いん》と合同で上奏するほか、臣寅は「家奴」でありますから、会議の内容について、先んじて摺を奉って報告しなければなりません。（康熙三十八年五月二十六日）

と結んでおり、他の二人とは異なる彼の立場を明らかにする。洪武帝の陵墓については、康熙四十七年（一七〇八）に一部が陥没する事故が起きた。曹寅は真相を急報する一方、陵墓を一般に公開して騒ぎが大きくならないようにするなど、率先して対策につとめた。

地方官については、「江西巡撫の郎廷極《ろうていきょく》は今月二十二日、すでに江寧に着任し、署理総督印務署蘇州巡撫の王度昭《おうどしょう》も今月三日に着任して引き継ぎをすませました」（康熙五十一年三月二十七日）というように、着任の期日までもきちんと上奏している。情報は多く、速く、正確でなければならず、型通りと思えるものでも遅れは許されなかった。たとえば、江南総督の邵穆布《しょうぼくふ》が病死したことを報告する奏摺（康熙四十八年七月七日）に対して、康熙帝は、「総督の死については、とっくに聞き知っている。この摺は遅い！重病の時点で上奏しなければダメだ」と咎めている。また次のような硃批を受け取った時には、曹寅もしまったと思ったことだろう。

およそ上奏すべき事柄は、一歩先んじてこそ好ましい。終わった後で聞いても、何にもならない。

（康熙四十八年七月三日付の奏摺に対する硃批）

もちろん康熙帝の最大の関心は、各官僚の日ごろの言動にあり、

およそ平糶《へいちょう》（米価の高い時に政府が手持ち米を安く売り出すこと）を担当する官員らに、もしも厄介事を引き起こす者がいれば、爾《なんじ》はただちに密摺を書いて上奏せよ。（康熙四十七年三月二十一日付の奏摺に対する硃批）

といった硃批がそれを物語る。曹寅は忠実に任務を果たすが、そこには少なからず危険が伴う。もしもそうした活動が露顕すれば、面倒なことになるからだ。康熙四十八年三月、允礽《いんじょう》が再び皇太子に立てられた後、江南でも様々な「閑言」が飛び交っていることを知った康熙帝は、李煦に調査を命じた。その時の李煦の奏摺には緊張感が漲る。

臣《わたくし》は王鴻緒《おうこうしょ》たちが、「わたしには都からつねに密書が届いている。皇太子は復位したけれども、天子の御心はまだ定まっていないようだ」と言っているという情報をつかみました。このような妄言は人心を混乱に陥れます。臣は聖恩に感じてありがたく思い、謹んでお言葉に従って、知り得たことに基づいてご報告申し上げます。しかるに王鴻緒の門生や旧知はあちこちにいます。新しい江

蘇巡撫の臣張伯行《ちょうはくこう》も王鴻緒の門生で、四方に密偵を配置しており、情報収集にも長《た》けています。どうか皇帝陛下には、臣のこの摺と前回臣が手ずから書した摺を、ともに廃棄なさって、禍を免れるようにご配慮ください。わが家の安全は、ひとえに皇帝陛下のご恩にかかっております。（康熙四十九年正月十九日）

油断はできない。康熙四十五年（一七〇六）六月二十五日の聖旨に、「三つの織造は一心同体であり、仲良くしなければならぬ」とあることから考えても、李煦の不安は曹寅にも当てはまる。康熙帝もそれを十分承知していた。もちろんこうした見えない動きとはまったく次元を異にした交際はあったわけで、曹寅が死んだ時、江蘇巡撫だった関係からか、張伯行（一六五一～一七二五）は「織造曹荔軒を祭る文」を書いている。

いわゆる「名宦」として各界の信望を集めるために、曹寅が積極的な活動を行ったことも見逃せない。実質はともかく、そうした評価を受ければ何かと都合が良いに決まっている。張伯行の祭文には、職務に精励し、人材を抜擢し、善政を敷いたことが、それこそ「型通り」網羅されている。

とは言え、曹寅が一定の役割を果たしたことは確かなようだ。蘇州織造については、尤侗《ゆうとう》（一六一八～一七〇四）が「司農曹公虎丘生祠記」でその業績を讃え、江寧織造については、織物業に携わる人々がその恩徳に感激して、雨花岡《うかこう》に織造曹公祠を建てたという（『続纂江寧府志』巻十五）。

また塩政についても、先に引いた『上元県志』に、「一年で内府（宮中の倉庫）の金百万を融資し、償還できない者がいれば減免することを請願したので、商人は祠を立てて祀った」と言うように、評判が良かったらしい。さらに江寧府の儒学、儀真《ぎしん》県の儒学、江都《こうと》県の旌忠廟などの改修工事を手がけ、また寺院との関係も深かった。

三　多額の欠損と康熙帝の庇護

これまでに触れた様々な活動を行うためには、豊富な資金が必要である。強力な財政的裏付けがなければ、事は決して円滑に運ばない。加えて康熙三十八、四十二、四十四、四十六年と、立て続けに南巡があり、そのたびに織造府が行宮《あんぐう》となった。この接待に莫大な費用がかかったことは言うまでもない。康熙帝も、

朕は九月二十五日に陸路より河工〔黄河の治水事業〕を視察して、爾《なんじ》ら三つの〔織造〕処に行くが、決して先年のように奉仕してはならぬ。違反した者には厳罰を下す。〔康熙四十一年八月□日付奏摺に対する硃批〕

と戒めて見せたほどである。もちろんそんなことなどお構いなしに、たとえば康熙四十三年〔一七〇四〕秋、康熙帝が、「明春、朕は南方に行きたいと思うが、まだ決定したわけではない」と洩らすや、さっそく受け入れ準備が始まり、揚州に新しい行宮が建てられ、翌年の三月十二日、曹寅の案内によって、

康熙帝はこの行宮に入った。『聖駕五幸江南恭録』は、「夜の戌《いぬ》の刻になると、行宮の宝塔には明かりが灯されてさながら龍のようであり、五色に彩られ、骨董や絵画を数え切れないほど並べ、月夜が真昼のようだった」と記す。

康熙帝が「自ら警《いまし》める」詩を作ってみせるほどに豪華だったこの行宮の工事のために、曹寅と李煦は各々二万両を出し、「勤労監修」した。その功績が認められて、曹寅は通政使司通政使、李煦は大理寺卿を授けられるという名誉を得る。だがもちろん、二万両など表向きの端金《はしたがね》に過ぎない。「三汊《さんさ》の河干《かかん》に帝家《ていか》を築《きず》き、金銭《きんせん》を濫用《らんよう》すること泥沙《でいさ》に比《ひ》す」（張符驤「竹西詞」）と詠われたほどなのだから。さらに康熙帝滞在中の宴会や芝居の費用一つを取ってみても、一回の宴会にかかった経費についてすら、確実な数字は突き止められてはいないのである。

曹寅の資金調達のからくりも詳しくは分からない。江南絹織物業の中枢を占めた織造にはそれなりの副収入があっただろうし、彼の奏摺に見える米の買い付けや造幣用の銅の買い付けなどが、利ざやを稼ぐ機会になったと考えられる。だが何と言っても、「肥缺《ひけつ》（実入りのいいポスト）」と言われる両淮塩政に任ぜられたこと、しかも康熙四十三年（一七〇四）から五十年まで、李煦と輪番でその地位に就いたことが目を引く。しかも曹寅が死んだ五十一年と翌五十二年には李煦、五十三年と五十四年は李煦の下で運使をつとめていた李陳常、そして五十五年と五十六年はまたも李煦が塩政になっており、合計十四年にわたって塩務を支配してきたと言っても過言ではない。康熙年間には一年交替の塩政を二度つとめた人物すらいないのだから、まさに破格の待遇である。初めて着任した曹寅が発令日に、「浮費を禁じ革《あらた》

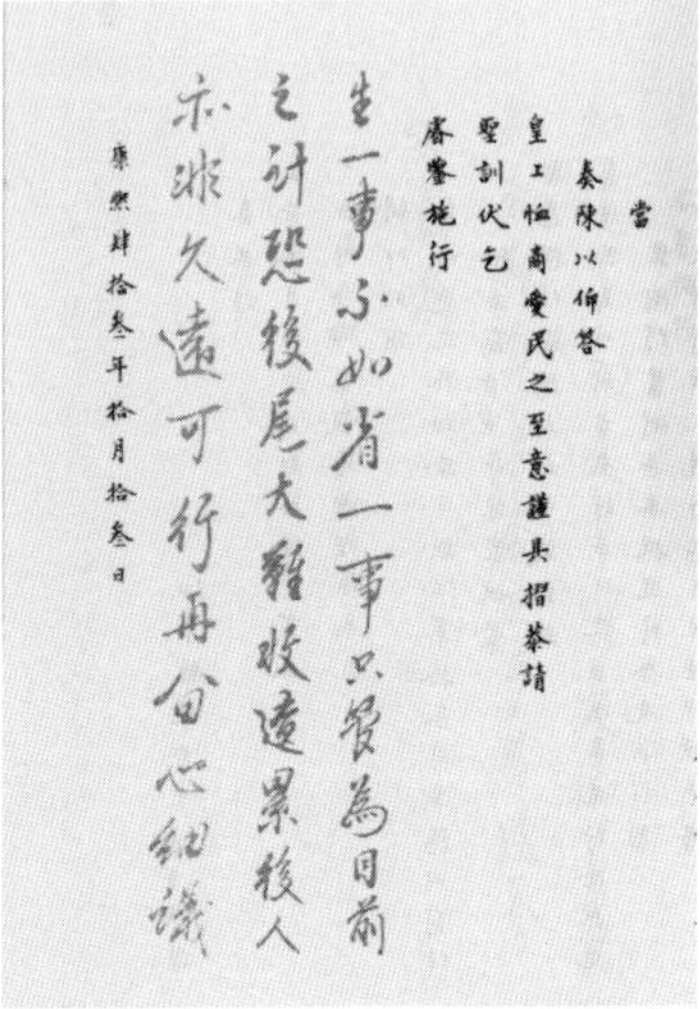
當
奏陳以仰答
皇上恤商愛民之至意謹具摺恭請
聖訓伏乞
睿鑒施行
生一事不如省一事只顧為目前之計恐後尾大難收遂累後人亦非久遠可行再留心細議
康熙肆拾叁年拾月拾叁日

「一事を生ずるは云々」の硃批
（『康熙朝漢文硃批奏摺彙編』より）

むることを奏報する摺」（康熙四十三年十月十三日）を奉ると、康熙帝はその張り切りすぎをたしなめるかのように、

一事を生ずるは一事を省くに如かず（事は控えめがよいという意）。ひたすら目の前の事にとらわれていると、おそらく後年の負担が大きくなり、後任の者に迷惑をかけることになるから、いつまでも行うことはできない。再度慎重にきめ細かく議論せよ。

と答えている。康熙帝は曹寅に塩務の改革を期待したわけではなく、あくまで資金面での配慮を見せたに過ぎない。事実、康熙四十四年（一七〇五）と四十六年の南巡の接待を含め、金埴が触れた出版事業など、曹寅の華やかな活動は塩政をつとめた時期に集中する。

しかしいいことばかりは続かない。造幣用の銅の買い付けを任されることによって節約し、国庫に納めることを約束した年額三万九千五百三十両の銀子について、康熙四十八年（一七〇九）には「まだ納めていない」と指摘された。これは最終的にきちんと納めたようだが、翌四十九年には虧空《きくう》（欠損）をめぐって一段と雲行きが怪しくなる。康熙帝は言う。

噂によれば、官庫の資金の虧空が非常に多いとか。爾らはどうやって補填するつもりなのか？留心（気をつけよ）、留心、留心、留心、留心。（康熙四十九年八月二十二日付の李煦奏摺に対する硃批）

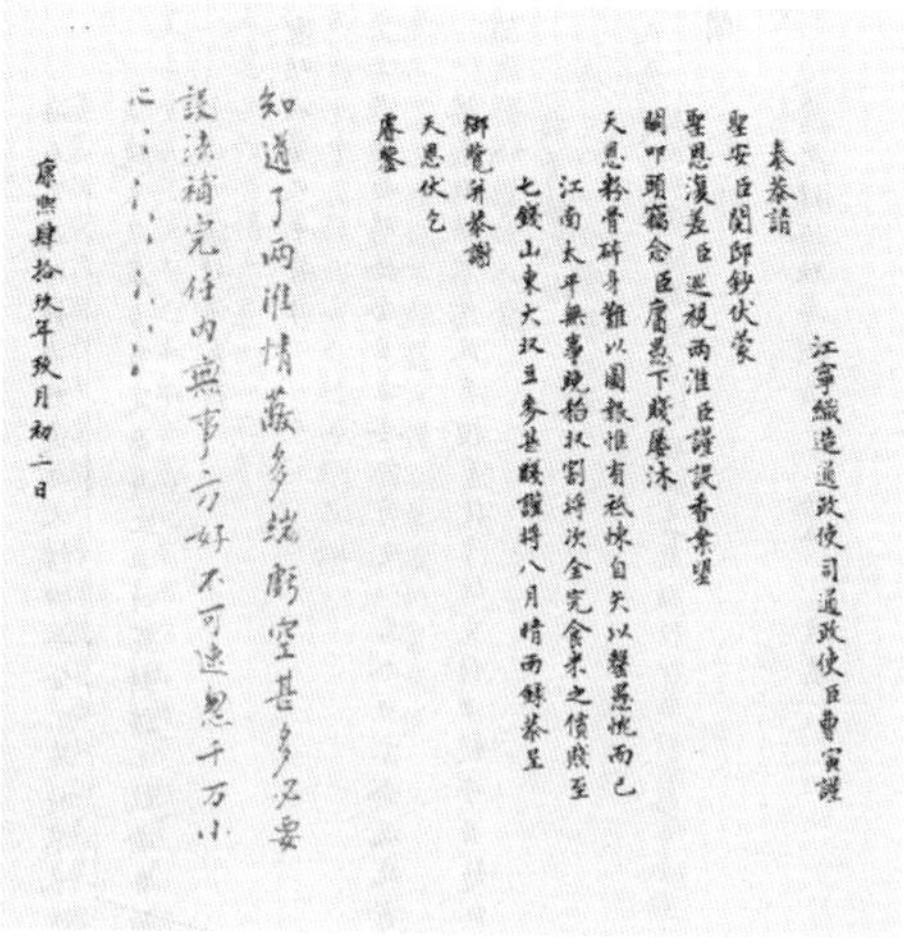
江寧織造通政使司通政使臣曹寅謹
奏恭請
聖安臣閲邸鈔伏蒙
聖恩復差臣巡視兩淮臣謹設香案望
闕叩頭竊念臣庸愚下賤屢沐
天恩粉骨碎身難以圖報惟有祇竦自矢以罄愚悃而已
江南太平無事晩稻收割將次全完食米之價減至
七錢山東大収豆麥甚賤謹將八月晴雨錄恭呈
御覧并恭謝
天恩伏乞
睿鑒
知道了両淮情蔽多端虧空甚多必要
設法補完任内無事方好不可疎忽千万小
心、、、、
康熙肆拾玖年玖月初二日

「小心」の硃批（『康熙朝漢文硃批奏摺彙編』より）

両淮は何かと差し障りが多く、虧空が非常に多いから、ぜひとも手立てを講じて補填しなければならない。任期内に問題が生じないことが何よりなので、ゆるがせにしてはならない。くれぐれも小心（慎重に）、小心、小心、小心。（康熙四十九年九月二日付の曹寅奏摺に対する硃批）

つねづね、両淮の虧空はじつに深刻だと聞いている。爾《なんじ》らは十分に気をつけよ。のちに人々に笑われ罵られ、罪を子孫に残すことになるから、十分に配慮することが肝腎だ。（康熙四十九年九月十一日付の李煦奏摺に対する硃批）

康熙帝は絶えず気にかけていたらしく、その後も、「両淮の虧空は近ごろすべて補填できたのか？」と尋ねている（康熙五十年二月三日付の奏摺に対する硃批）。だがその心配も空しく、曹寅が死んだ時には、「弁償する資金も無く、換金する財産も無いため、死ぬに死ねない有様です――これは曹寅の臨終に際しての言葉です」（康熙五十一年七月二十三日付の李煦奏摺）という状態だった。

曹寅の死後、李煦と李陳常が続けて塩政になったのも、じつはこの多額の虧空を補填するためであった。もっとも織造の分も含めて、実際にどれほどの虧空があったのかは定かでない。康熙五十二年（一七一三）十一月の李煦の奏摺には、五十四万九千両余りを「解補清完」し、残った三万六千両余りを曹顒に受け取らせたと言うし、曹顒もそれを献上しようとして、かえって康熙帝から、

曹寅が生きていた時、虧空の銀子をきちんと補填できないことをひたすら恐れていたが、近ごろ亡くなった後、すっかり清算できたことは一家の幸いである。余剰の銀は爾《なんじ》がしっかり管理せよ。ましてて織造は物入りだし、個人的な借金もあるだろう。朕は馬の飼育代として六千両を貰えばよい。（康熙五十二年十二月二十五日付の奏摺に対する硃批）

と諭されるなど、事態はうまくおさまったかに見える。しかしその後も、塩政に関しては「三百万両」（康熙五十三年八月十二日）、織造に関しては「八十一万九千両余り」（康熙五十四年十二月一日）といった数字が取り沙汰されている。康熙帝も、

前回爾《なんじ》が上奏したのは蘇州織造の虧空であり、江寧の虧空には言及していなかった。近ごろはじめて江寧にも虧空があることを知ったので、爾が都に到着したら、再び問い質すことにする。（康熙五十三年十一月十六日付の奏摺に対する硃批）

と不審に思うほか、李煦自身、またも塩政に任ぜられた康熙五十五年（一七一六）十月、「まだ補塡していなかった二十八万八千両余りをきちんと清算します」と上奏して、今回しくじったら処罰する、と厳しく言い渡されるなど、真相ははるかに深刻だったと思われる。

それにしても康熙帝は曹寅らの立ち直りを辛抱強く待ち、最後まで庇ってやった。

曹寅と李煦の銀子の使い道が非常に多いことに関して、朕はその内情を理解している。それゆえ彼らが欠損を出した銀二十四万両について、両淮の塩税の追徴分で李陳常に代替補塡させたのだ。（康熙五十四年十二月一日）

という言葉が何よりもそれを物語る。また日常活動から南巡の接待まで、彼らに課せられた任務が決して生易しいものではなかったことも察せられる。曹寅が重態に陥った時、康熙帝は、

いま瘧疾《おこり》を鎮める薬を下賜するに当たり、手遅れになることを恐れ、駅馬を賜って昼夜兼行させ

る。瘧疾が下痢に転じなければ、まだ大丈夫だ。転じてしまえば、この薬は使うことはできない。南方のヤブ医者は、いつも滋養強壮剤を用いて、数知れず人を損なってきたから気をつけねばならない。曹寅はもともと好んで人参を服用していた。いまこの病気に罹ったのも、原因は人参にある。金雞挐《キニーネ》はもっぱら瘧疾を鎮める。二銭（銭は重量の単位）の粉末を酒と一緒に服用せよ。症状が少し軽くなったら、もう一度服用せよ。きっと治るはずだ。治まった後は、一銭なり、八分なり、続けて二度服用せよ。それによって病根を追い出すことができる。瘧疾でなかったら、この薬は用いてはいけない。病状を正確に把握せよ。万囑《くれぐれも》、万囑、万囑、万囑。（康熙五十一年七月十八日付の李煦奏摺に対する硃批）

と非常に気を遣っている。この「佳話」は、両者の特殊な関係を表す例証として、しばしば引用されてきた。一時期、それがあまりに強調され過ぎたためだろうか、黄進徳氏は「康熙与曹寅関係枝談」（『曹雪芹江南家世考』、福建人民出版社、一九八三年）において、ブーヴェの『康熙帝伝』などに拠りつつ、キニーネを賜ることに何ら特殊な色彩はない、と反論している。たしかにこの一件を、両者の関係を表す決定的証拠のように扱うのはおかしい。だがそうだとしても、康熙帝が曹寅に深い親愛の情を抱いていたことは明らかである。ぼつぼつ虧空の風聞が飛び始めた康熙四十九年（一七一〇）四月四日、奏摺の最後で曹寅は、「臣《わたくし》はようやく目の病気が治ったので、いまはじめて手ずからしたためています」と、自分の健康について触れるが、それを読んだ康熙帝は、爾《なんじ》は長らく南方に住んでいるので、体がなまってしまったのだ。いままた目を悪くしたからには、決して補薬（強壮剤）を用いてはならない。一番良いのは六味地黄湯だ。必ずしも加減せず、たくさん服用すればおのずと大きな効果が現れるだろう。

と処方を指示し、曹寅も、「地黄湯を毎日服用したところ、まことにお言葉のように、体が大いに軽くスッキリした感じになりました」（康熙四十九年六月一日）と感謝した。その後、康熙帝は同年十月二日附の奏摺の硃批においても、「爾の病は以前と比べてどうだ？」と尋ねている。この年、曹寅は二か月あまり病床に伏しており、康熙五十年の詩には「時に耳鳴を病む」、「近ごろ復た目暗に苦しむ」といった注があって、健康に衰えが見られる。

康熙五十一年（一七一二）七月二十三日に曹寅が死ぬと、江寧の織物業関係者から、息子の曹顒に織造を継がせてほしいという請願が出され、康熙帝もこれを了承した。また虧空については、曹寅の代理として一年間塩政を担当し、生じた余銀で補塡したいという李煦の希望が認められるが、この時の硃批には、「やがて爾《なんじ》が心変わりして、自分の利益を図るようになるのが心配だ。そうなったら犬畜生にも及ばないぞ」（康熙五十一年七月二十三日付の李煦奏摺に対する硃批）と、意外に厳しい言葉がある。曹寅と李煦に対する康熙帝の感情の違いが表に出たのかも知れない。さらに康熙五十四年（一七一五）初頭、李煦とともに折から上京中だった曹顒が病死すると、康熙帝は、曹顒が大きくなるのを、その幼いころから朕は目にしてきたので、とても惜しくてならない。朕が使っている包衣の子供たちの中に、彼に匹敵するような者は一人もいない。たくましく成長し、文章もすぐれており、文武両道の人材だった。織造としても非常に慎み深かった。朕は彼に大きな期待を寄せていた。彼の祖父と父も、存命中に大変よく働いた。いま彼の家産を移せば、破滅に瀕するだろう。李煦は現にここ（北京）にいるから、内務府総管に命じて李煦に尋ねさせ、（曹寅の弟の）曹荃の子供たちの中で、自分の生母のように曹顒の母に孝養を尽くすことのできる人物を探し出すことが肝腎だ。彼ら兄弟（曹寅と曹荃）はもともと仲が良くなかった。仲が良くない者を養子にしたりすれば、かえってよくない。汝らはこれについて、詳細に調査して選択せよ。此れを欽《つつし》め。（康熙五十四年正月十二日）

と、非常に念の入った指示を与え、養子になった曹頫（曹荃の第四子）に対しても、「你《なんじ》の家中の大小の事を、どうして上奏しないのか？」（康熙五十四年六月三日付の奏摺に対する硃批）と、相変わらず関心を寄せている。

曹家に対する康熙帝のこれほどまでの配慮は、曹寅の多大な功績に酬いるため、と説明できよう。では彼の多大な功績とは何か。織造として塩政として、長い間江南地方に関する数多くの情報を提供してきたことだろうか。もちろんそれもあるだろう。だが江南知識人の世界、すなわち中国の伝統的士大夫社会を、自己の支配体制の枠組の中にすっぽり抱え込むという、清朝にとってはまことに大きな課題を

前提にして曹寅の役割を考えてみると、もっと違ったとらえ方ができそうだ。それは普通には、

曹寅の江南における〈経済活動とは〉別の重要な活動は、政治活動である。全体的に見ると、曹寅の政治活動の歴史的作用は、清政府と江南地主階級との矛盾を調整し、緩和したこと、明末に沸騰し、江南地主階級の代弁者を核心とした党社運動の死灰が再燃するのを防いだこと、江南地主階級の中で最も影響のあった代表的人物――いささかの著名な知識分子が、満漢地主階級、清政府と江南地主階級との矛盾運動がしだいに緩和されていく歴史的潮流に順応するよう仕向けて、江南地方の政治局面が安定を保てるようにしたことであり、これは江南の経済的命脈が断ち切られないことを保証し、清王朝が中央集権を強化する上での一連の政治的軍事的措置を支えたばかりでなく、江南経済の発展に対しても、客観的に推進作用を起こした。（王春瑜「論曹寅在江南的歴史作用」『紅楼夢学刊』一九八〇年第一期）

と説明されるような側面である。しかし、これはたんなる政治的な懐柔工作、連合工作とは違う。曹寅は江南の士大夫社会に一定の地盤を築き、たとえ表向きだけに終わるにせよ、その良き一員として信頼され、名声を得なければならなかった。そのために必要な地位と資金は康熙帝が確保してくれるわけだから、あとは曹寅自身の教養や器量がそこで通用するかどうかにかかってくる。いくら康熙帝の後押しがあったとしても、個人的に相手にされなければ問題にならない。試されるのは曹寅の方だった。

四　曹寅その人について

曹寅の詩文集は『楝亭詩鈔』八巻、『詩別集』四巻、『詞鈔』一巻、『詞鈔別集』一巻、『文鈔』一巻である。千百九十四首の詩、六十二首の詞、十八篇の文を収める。

少なからぬ人が、同姓だからということで曹植《そうしょく》（一九二～二三二）にたとえようと、「詩は曹子が一瞬たりとも手離すことのできないものだった」（杜岕「舟中吟序」）と、その情熱を讃えようと、曹寅を第一級の詩人として持ち上げるのは困難だろう。曹寅の詩風を分析すること自体、あまり意義のある作業とは思われず、資料として扱う方が無難である。ただ、曹寅も人から称揚されるような佳句を一つや二つは持っていた。たとえば、康熙十七年（一六七八）に北京を訪れた施閏章《しじゅんしょう》（一六一八～八三）は、若き曹寅の「寒山　遠人を見る」という句を褒めて、いつも口にしていたという（梅庚「学余全集跋」）。

比較的多く語るべきは戯曲についてだろうか。『詞鈔』の序文には、「公はかつて自ら、わたしは曲が第一で、詞はこれに次ぎ、詩はまたこれに次ぐとおっしゃった」と記すし、次のような長い題のついた七言絶句がある。

「辛卯（康熙五十年）孟冬（十月）四日、金《きん》氏の甥が許鎮帥《きょちんすい》のお抱え一座を連れてやって来た。閩《びん》（福建）の音楽である。（言葉が分からなくて）聴き手はみなは沈黙したままだった。「双文《そうぶん》（『西廂記』のヒロイン崔鶯鶯）焼香」の曲に至って、「囉哩嗹《ラリレン》」の句があるのを聞き取り、董解元《とうかいげん》の『西廂記』

にこれがあったことを覚えていたので、尋ねてみるとまことにそうだった。そのために部屋じゅうにどよめきが起こり、老子《ちちうえ》は禽言（鳥の言葉）を解するのみならず、蛇語にも通じておられると言った。漫《すずろ》に一絶句を識《しる》す」（『棟亭詩鈔』巻七）

戯曲に対する曹寅の造詣の深さを端的に物語るのは、洪昇《こうしょう》（一六四五〜一七〇四）の『長生殿《ちょうせいでん》』にまつわる次のエピソードだろう。

時に織造の曹子清公も、（洪昇を）さっそく白門（南京）に迎え入れた。曹公はもともと詩才があり、音律に明るかったので、長江の南北の名士を集めて大規模な会を催した。洪昇を首席に座らせ、『長生殿』の本をその席に置き、自分の席にも一つ置いた。俳優が一幕演じるごとに、公と洪昇は本を突き合わせて節奏《リズム》を整え、およそ三昼夜にしてようやく終了した。（金埴『巾箱説』）

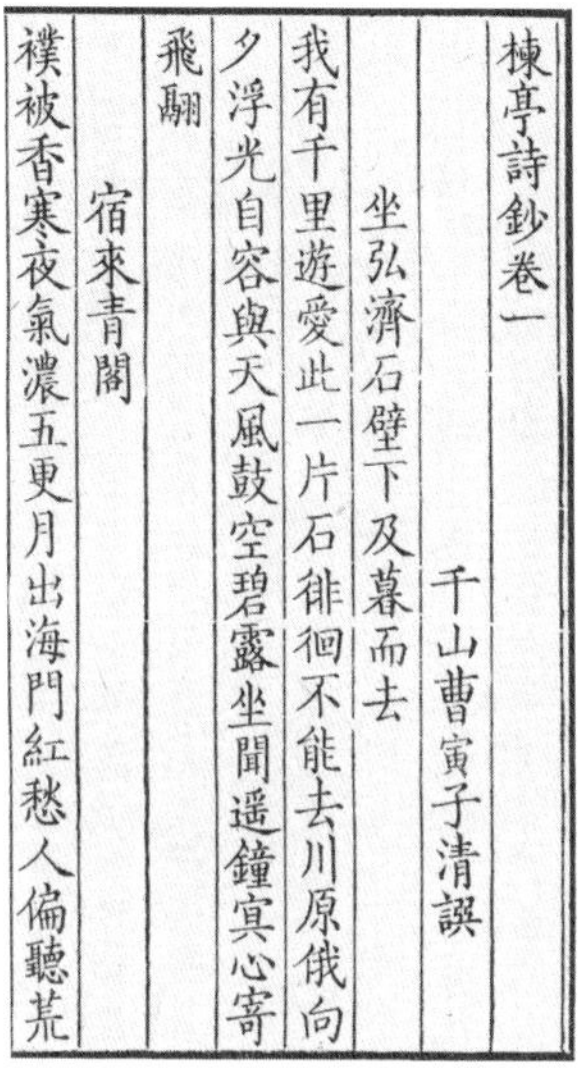
棟亭詩鈔巻一
千山曹寅子清譔
坐弘濟石壁下及暮而去
我有千里遊愛此一片石徘徊不能去川原俄向
夕浮光自容與天風鼓空碧露坐聞遥鐘冥心寄
飛翮
宿來青閣
襆被香寒夜氣濃五更月出海門紅愁人偏聽荒

曹寅の詩集『棟亭詩鈔』

康熙四十三年（一七〇四）春のことである。

また曹寅自身の作品として、明末の李自成《りじせい》を題材にした『虎口余生記《ここうよせいき》』や後漢末の蔡文姫《さいぶんき》を扱った『続琵琶《ぞくびわ》』などが残されているが、興味深いのは『太平楽事《たいへいらくじ》』だろう。『太平楽事』の作者柳山居士《りゅうざんこじ》は、傅惜華《ふせきか》の『清代雑劇全目』にも、「姓、字、号はいずれもすでに考えようがない。本籍や事蹟も不明である。ほぼ乾隆年間の人であろうということしか分からない」と記すように、これまで素性の知れない人物であったが、曹寅が柳山という号を用いていること、この作品の序文や題記が洪昇や朱彝尊《しゅいそん》（一六二九〜一七〇九）と関係することから、曹寅と見て間違いない。

『太平楽事』は「灯賦」、「貨郎担」、「売痴呆」、「太平有象」、「山水清音」、「風花雪月」、「日本灯詞」、「龍袖民驕」、「豊登大慶」に分かれ、都の元宵節（正月十五日の上元の節句）のにぎわいを描いている。洪昇は序文の最後で、

「日本灯詞」に至っては、楽譜に蛮語（ここでは日本語）を入れ、奇々怪々として、従来無かったものである。これによって楽府《がふ》（民間歌謡）の余韻を継承しており、決していい加減なものではない。この劇が伝承されれば、百世の後に及んでも、その盛んな有様を想起できると確信する。ましてこの太平の世に生きる者ともなればなおさらだろう。癸未臘月（康熙四十二年十二月）、銭唐の後学洪昇、拝して記す。

といい、曹寅は「日本灯詞」の題記で次のように説明する。

この曲は（中略）呉昌齢《ごしょうれい》の『北西游《ほくさいゆう》』の「滅火詞」に拠ってこしらえた。倭語は『万里海防《ばんりかいぼう》』、『日本図纂《にほんずさん》』や四訳館《しやくかん》の訳語に基づき、組み合わせて作った。西洋の船員が言うことには、「倭国では妓女だけが色鮮やかな衣服を身に着け、その歌は粤東《えっとう》（広東省）の採茶歌（茶摘み歌）の音調と近く、また溱洧《しんい》の属（男女の春遊の歌）である。（中略）男は蠟で鬚を燃やし、てっぺんの髪を剃り、女は歯を黒くして屐《ゲタ》を履き、衣食はすべてお上に仰いでいる。対馬《つしま》は高麗に隣接し、その都会は薩摩州である」と。前年、曝書亭《ばくしょてい》（朱彝尊）所蔵の『吾妻鏡』を得て検討してみたが、食い違っていなかった。『吾妻鏡』は中国語の「東鑑」の意であり、明の弘治（一四八八～一五〇五）・正徳（一五〇六～一五二一）年間にその国で刊行された書物である。柳山記す。

ここに見える呉昌齢の『西游記』や『万里海防』、『日本図纂』、『吾妻鏡』は、ともに曹寅の蔵書目録である『楝亭書目』に著録される。このほか『北紅払記《ほくこうふっき》』という作品もあり、また元代の戯曲の作家と作品の目録である『録鬼簿』を刊行した。顧平旦《こへいたん》氏が、「曹寅は詩人、詞家であり、すぐれた戯曲作家であるのみならず、家楽を組織し、歌に応じて曲をつけ、自分で演出することのできる芸術実践者でもあった。こうした一切がたしかに才華ある文学者だと我々に認めさせるし、少なくとも戯劇史の上では彼に一つの地位を与えねばならない」（「作為戯曲家的曹寅」『紅楼夢学刊』一九八四年第四期）と高く評価するように、戯曲についても曹寅の並々ならぬ熱意が感じられる。

その他の方面についても見てみよう。『揚州画舫録《ようしゅうがほうろく》』は曹寅の略歴を紹介する中で、彼が書を善くしたと言う。また彼の詩には題画詩が多く、絵画に関する見識も高かったようだ。「茶癖」があり、『居常飲《きょじょういん》饌録《せんろく》』一巻を著した。飲食物に対する関心の深さが窺える。少し変わっているのが弓射を重んじたことで、「途次に姪驥《き》に示す」三首の第一首には、「執射《しっしゃ》は吾《わ》が家《いえ》の事《こと》、児童《じどう》は挽強《ばんきょう》に慎《つつし》め」、第三首には、「吾《わ》れ年方《としまさ》に半百《はんひゃく》、両臂《りょうひ》は已《すで》に枯株《こしゅ》なり」という。曹寅の出自を考えると納得がいく。また施閏章の孫の施瑮《しりつ》（一六七三年生まれ）は、

曹楝亭公は時に仏教語を引き合いに出し、座中の客に対して「樹《き》が倒《たお》れて猢猻《サル》が散る（中心人物がいなくなると、従っていた者は拠り所を失ってバラバラになる意）」と言った。いまこの言を追憶してはらわたがねじ切れるような思いになるのは、瑮が非常に深く公の知遇を受けたからである。（『随村先生遺集』巻六）

と回想するが、曹寅は仏典もかなり読んだらしく、「沖谷四兄《ちゅうこくしけい》　詩《し》を寄《よ》せて擁臂図《ようひず》を索《もと》め、並《なら》びに予《よ》の天竺《てんじく》の書《しょ》を学《まな》ぶを嘉《よみ》す」（『詩鈔』巻一）という詩題がある。

このように見ていくと、曹寅が幅広い才能を発揮したことが分かる。少なくとも他人との交際の中で肩身の狭い思いをすることはなかっただろう。『詩別集』の序文は言う。

江南に赴任すると、その地の士大夫や高官たちで音韻に通じた者は、みな公を師と仰ぎ、競って

馳せ参じた。公は心からもてなし、ほとんど毎日のように酒席で詩を応酬し、少しでも見所があれば、必ず大いに褒め称えた。才子を愛し賢士を好む性格は生まれつきのものだろう。それゆえ公が亡くなると、知っている者も知らない者も、すべて大いにため息をつき、涙を流すに至ったのである。

「ほとんど毎日のように酒席で詩を応酬し」――この言葉に曹寅の大きな特徴が表れている。

五　幅広い交際

康熙十七年（一六七八）、博学鴻儒科《はくがくこうじゅか》（優秀な人材を選抜するために、正規の科挙以外に設けられた試験制度）が開かれて多数の名士が北京に集まり、それがきっかけとなって、曹寅は世に知られるようになる。顧景星、施閏章などとの交際はこの時に始まっている。康熙二十三年（一六八四）、尤侗は次のように言う。

わたしは都にいた際、王阮亭《おうげんてい》祭酒（王士禛）の座中で曹荔軒と知り合った。その詩詞を読んだところ、六朝の名門貴族の気風が感じられた。その家世を尋ねて、完璧司空公（曹璽）の子息だと分かった。司空は金陵（南京）で二十年ほど織造の地位にあったので、わたしはその名を聞いて、「この父にして、この子あり」と嘆息した。（「楝亭図跋」）

おそらくこうした出会いが多くの人々と繰り返されたのだろう。そして曹寅の名を一段と高からしめたのが、「楝亭図詠《れんていずえい》」である。宋犖が言及した「題詠」（本書一六一頁）にほかならない。かつて江寧織造として江南に赴いた曹璽は書斎の外に楝樹を植えたが、後に父の後を継いで同じく江寧織造となった曹寅がかの地を訪れた時、その楝樹はすっかり大きくなっていた。そこで在りし日の父を偲んでやまなかった――その話を伝え聞いた人々が、あるいは楝亭を描き、あるいは楝亭を詠った詩詞などを寄せたのが「楝亭図詠」である。図は全部で十幅あり、詩詞などを寄せた者は、納蘭性徳《のうらんせいとく》（一六五三～八五）をはじめとして総勢四十五名に上る。これらの図詠は康熙二十三年から三十二年にかけて作られた。おつきあいの範囲を出ない「楝亭図詠」の内容は取るに足りないが、だからと言ってその価値が下がるわけではない。大官僚から明の遺民まで、様々な立場に置かれた人々を、一致して自分の話題に引き寄せ、それを機に交友関係を拡げていく――「楝亭図詠」は曹寅にとって大きな意味を持ったのである。

曹寅の幅広い交際を、その政治的使命から切り離して考えるのは不可能だろう。目標は社会的信頼の獲得である。先に触れた情勢報告が、個別的で受身の姿勢に止まるのに対し、こちらの方は遠大で積極性に富む。曹寅が、「才子を愛し賢士を憐れむ気風は生まれついてのものであり、高名な人々はその幕下にこぞって集まった」（施瑮「四君吟」『随村先生遺集』巻二）と評価され、江南の士大夫社会にとって有用な人物だと認められることが、彼を送り出した清朝そのものに対する安心感を引き起こす。少なくとも康熙帝はそう考え、曹寅も同じように自覚して、地道な努力を続けたに相違ない。すでに見てきたように、彼の能力と資質は十分それに応えた。そしてその点では、「何よりも本好きで、所蔵する古書は一万巻を超えた」（同前）と言われ、自ら「聚書の癖」があると称する、蔵書家としての曹寅も忘れてはならない。

六　蔵書と出版

李文藻《りぶんそう》（一七三〇〜一七七八）の「琉璃廠書肆記《リウリーチャン》」には次のように記す。

近ごろ江南から書物を購入することができなくなり、夏の間に〔北京の〕内城で数十部の書物を買った。部ごとに「楝亭曹印」という蔵書印があり、その上にまた「長白敷槎氏《ちょうはくふさ》菫斎昌齢《きんさいしょうれい》図書記」という蔵書印があった。たぶんもともと曹氏が持っていて、昌齢に帰したものだろう。昌齢は（中略）楝亭の甥である。楝亭は織造、塩政を掌ること十余年、書物の刊行に力を尽くした。また朱竹垞（朱彝尊）と交際し、曝書亭（朱彝尊の書斎名）の蔵書を、楝亭はすべて筆写して副本を持っていた。わたしが目にしたもののうち、『石刻鋪叙』、『宋朝通鑑長編紀事本末』、『太平寰宇記』、『春秋経伝闕疑』、『三朝北盟会編』、『後漢書年表』、『崇禎長編』はすべて写本である。魏鶴山《ぎかくざん》の『毛詩要義』と『楼攻媿文集』は宋刊本である。それ以外にも数え切れないほどある。（『南澗文集』巻上）

僅かに残る曹寅の題跋や朱彝尊の文集によっても、両者が蔵書の貸し借りをしていたことが分かる。なお、李文藻が挙げた『毛詩要義』は『楝亭書目』でも唯一「宋精刻本」と記すほどの善本で、現在は天理図書館が所蔵している。

康熙四十四年（一七〇五）三月十九日、曹寅は第五次南巡中の康熙帝から『全唐詩』を刊行するよう命じられた。曹寅の監督下で編纂された『全唐詩』が胡震亨《こしんこう》の『唐音統籤《とうおんとうせん》』と季振宜《きしんぎ》の『唐詩』を底本としていることはよく知られている。同時に、短期間の編纂作業が多くの問題点を残したことも、従来から絶えず指摘されている。康熙四十四年七月一日の奏摺で、曹寅は、

臣《わたくし》が細かく考えてみますに、筆写の担当については、同じ筆跡の者を確保することが非常に難しいので、似ている者を選び、同じ筆跡になるようトレーニングしてから清書させています。そのために作業に遅れが生じており、おそらく一年以内に完成することは不可能でしょう。（中略）臣は塩政としての任務もありますので、儀真《ぎしん》と揚州の間を往復していますが、出版の監督に関しては、校正と清書を間断なく行わせて、いささかも怠っておりませんので、そのことを謹んで上奏します。

と言っている。総責任者として、限られた時間を少しでも活かそうとする曹寅の苦労がしのばれる。康熙四十五年十月一日、『全唐詩』は完成した。

熟語を末尾の字の韻によって分類配列し、出典を示して作詩の便に供した『佩文韻府』の刊行が始まったのは、康熙五十一年（一七一二）三月十七日である。同年七月、曹寅が病死すると、もともと三つの織造が共同で命令を受けていたこともあって、李煦に引き継がれ、翌年の九月に完成した。

陶湘《とうしょう》は『清代殿板書始末記』の中で、「両淮塩政の曹寅は、塩務の余剰金を用いて『全唐詩』を刊行した。軟字精美にして、世に揚州詩局刻本と称され、勅命を奉じたことによって、内府本とも称される」と述べる。前年の康熙四十三年十月に初めて塩政となった曹寅は、かなりの資金を注ぎ込んだに相違ない。そして『全唐詩』が完成すると、『曹楝亭五種』や『楝亭蔵書十二種』の刊行に取りかかった。前者は語学に関する書、後者は文人趣味に関する書を集めたものである。曹寅が刊行したものは誤字や脱字が多いと批判されているが、それをたんなる本好きの出版活動と片付けてしまうわけにはいかない。詳細は省くが、朱彝尊を始めとする周囲の人々の希望に応える形で、曹寅は刊行すべき書を選んでいると思われるからである。とすれば、『曹楝亭五種』や『楝亭蔵書十二種』はたんなる「風雅好事」の産物とは言い切れなくなる。そして同じことは、彼が刊行を快諾した個人の詩文集の場合にもあてはまるだろう。

『曝書亭集』以外に彼が引き受けた別集として、施閏章の『学余全集《がくよ》』七十八巻と顧景星の『白茅堂《はくぼうどう》全集』四十六巻がある。このうち『学余全集』については、孫の施瑮が、「ああ、わが楝亭曹公がいなければ、この文集は箱の中に埋もれて、後世に伝わることは難しかっただろう」（「学余全集跋」）と言うように、最大の功労者は曹寅である。『白茅堂全集』についても、詩文集の刊行をもって旧恩に酬いた。出版活動の持つ文化的意義のみならず、その政治的意義をも見通していたことは間違いない。

＊

曹寅の死から十五年後の雍正五年十二月二十四日（一七二八年二月三日）、曹頫の家産を査封せよとの命が下り、ここに曹家の政治生命は終わりを告げた。北京に移り住んだというその後の歴史は闇に包まれたままである。だがその闇の中で曹家はまったく新しい生命を手に入れた。冒頭に引いた『随園詩話』の記事、じつは続けて次のように言う。

その子（正しくは孫）の雪芹は『紅楼夢』を著して、世間の繁栄ぶりをつぶさに描いた。

では、『紅楼夢』の作者曹雪芹に話を移そう。

第二節　曹雪芹――おぼろげな作者像について

『紅楼夢』の作者の曹雪芹について、残念ながら同時代の資料はほとんど残されていないので、彼の人となりや創作の状況について詳しく知ることはきわめて難しい。そうした困難をものともせず、周汝昌《しゅうじょしょう》氏は『曹雪芹小伝』を著し、幸いなことに日本語訳が出版された（汲古書院、二〇一〇年）。本格的に「紅学（『紅楼夢』に関する学問）」や「曹学（曹家に関する学問）」に取り組もうとされる方にとっては貴重な研究書である。ただ、あまりに大部であるゆえ、本書ではまず、簡にして要を得た魯迅の『中国小説史略』の記述を引用し、次いで関連する文献資料を紹介することにしたい。

曹雪芹、名は霑、字《あざな》は芹渓、又の字は芹圃、正白旗漢軍の出身である。（中略）曹寅の子の曹頫がつまり雪芹の父である。彼も江寧織造であったので、曹雪芹は南京に生まれた。おそらく康熙の末であろう。雍正六年（一七二八）、曹頫は任を去り、曹雪芹も北京に帰る。時にほぼ十歳。ところがなぜか分からないが、この後曹氏は大きな変事に遭ったらしく、家は急に没落する。曹雪芹は中年になって、西郊に貧居し、粥をすするに至る。しかしその傲岸さは変わらず、時に酒をほしいままにして詩を賦した。そして『石頭記』を書いたのもまずはこの時であろう。乾隆二十七年、息子が幼くして死に、曹雪

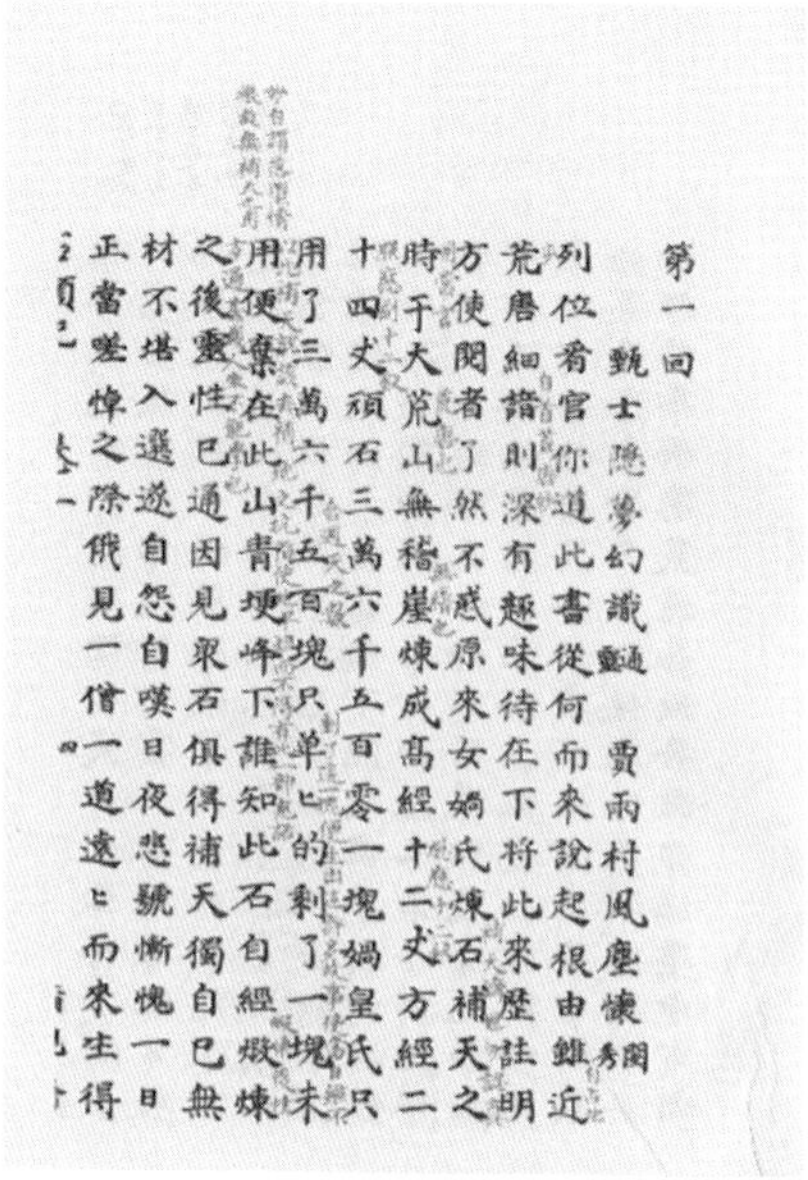
第一回　甄士隠夢幻識通靈　賈雨村風塵懐閨秀
列位看官你道此書從何而來説起根由雖近
荒唐細諳則深有趣味待在下將此來歴註明
方使閲者了然不惑原來女媧氏煉石補天之
時於大荒山無稽崖煉成高經十二丈方經二
十四丈頑石三萬六千五百零一塊媧皇氏只
用了三萬六千五百塊只單單剩了一塊未
用便棄在此山青埂峰下誰知此石自經煅煉
之後靈性已通因見衆石俱得補天獨自己無
材不堪入選遂自怨自嘆日夜悲號慚愧一日
正當嗟悼之際俄見一僧一道遠遠而來生得

脂硯斎重評石頭記

芹は悲しみのあまり病気になり、大晦日の夕べになって亡くなった。年は四十余である。『石頭記』はまだ完成しておらず、今に伝わるのは八十回だけである。（『中国小説史略』第二十四篇「清の人情小説」）

名や字、号については諸説ある。張宜泉《ちょうぎせん》の七言律詩「芹渓居士に題す」の序には、「姓は曹、名は霑、字は夢阮《むげん》、号は芹渓居士」といい、「雪芹」に言及しない。敦誠《とんせい》（一七三四〜一七九一）には「懐《おもい》を曹雪芹霑に寄す」、敦誠の兄の敦敏《とんびん》（一七二九〜一七九六?）にも「芹圃曹君霑　別来して已に一載余なり云々」という詩があるので、霑が名であることはたしかだろう。雪芹は字、その他の呼称は字もしくは号と考えられている。

また、文中に見える『石頭記』は『紅楼夢』の別名であり、乾隆五十六年（一七九一）に初めて全書百二十回の『紅楼夢』が刊行される以前に伝わった複数の写本がこの書名を用いている。後四十回を欠き、前八十回についても完全な形で残っているものはない。

曹雪芹がいつ生まれ、いつ亡くなったかについては、ずっと論争が続いており、おそらく今後も解決を見ないだろう。最も基本となる情報は没年に関するもので、『石頭記』の某テキストの欄外に残されたコメントに見える。こうしたコメントは「脂批《しひ》」と総称され、複数の人物の署名が見られるが、中でも「脂」——作者の身近な人物で同世代と考えられる脂硯斎《しけんさい》と、同じく身近な人物だが、作者より世代が上と考えられる畸笏叟《きこつそう》が、作者の伝記や作品の成立に関して最も貴重な情報を提供している。

壬午の除夕（乾隆二十七年の大晦日、西暦では一七六三年二月十二日）、書物がまだ完成していないのに、曹雪芹は涙が尽きたために亡くなった。

「壬午」という干支は、その信憑性について専門家の間で大いに議論があるが、西暦で言えば一七六三年前後に亡くなったことは確かだろう。何歳で亡くなったかについては、二つの資料が残されている。一つは曹雪芹の友人である敦誠が、「四十にして蕭然たり」と、その死を悼んでいること、いま一つは張宜泉が、「年未だ五旬ならずして卒す」と述べていることである。曹雪芹が曹顒の子であるか、それとも曹頫の子であるかについても激しい議論が繰り返されてきたが、名の「霑」は「恩寵にうるおう」という意味であるから、康熙五十一年（一七一二）、曹顒が急逝した際、康熙帝の破格の恩寵により曹頫が江寧織造の職を継いだ（本書一七八頁）ことを記念してこの字が選ばれたのではないかという説が今日では有力である。そこで「四十」という整数より、「五十歳になる前に」という張宜泉の記述を重く見て、生没年については「一七一五?~一七六三?」と記すのが一般的である。

「西郊に貧居し、粥をするに至る」については、張宜泉の七言律詩「芹渓居士に題す」に、「廬を西郊に結び　別様に幽なり」、敦誠の七言律詩「曹雪芹に贈る」に、「家を挙げて粥を食らい　酒は常に賒《かけがい》す」と言う。

曹雪芹の人となりや執筆の状況について、いくつかの資料をまとめてみると、以下のようになる。

「夢阮」とは阮籍《げんせき》（二一〇~二六三）を夢見るという意味である。竹林七賢《ちくりんしちけん》の代表的存在で、形式的な礼教規範に反抗した阮籍を慕っていたことが窺える。その点も含め、友人たちの詩から曹雪芹の人となりを探ってみよう。

揚州旧夢久已覚　揚州《ようしゅう》の旧夢《きゅうむ》　久《ひさ》しく已に覚《すでさ》め
且著臨邛犢鼻褌　且《しば》らく臨邛《りんきょう》の犢鼻褌《とくびこん》を著《ちゃく》す（敦誠「懐を曹雪芹霑に寄す」）

「揚州の旧夢　久しく已に覚め」には「雪芹は曾て其の先祖寅《いん》の織造の任に随う」という自注がある。曹寅を頂点とする、江南における曹家の繁栄はとっくに昔語りとなり、「臨邛の犢鼻褌」すなわち卓文君《たくぶんくん》と駆け落ちした司馬相如《しばしょうじょ》が犢鼻褌《ふんどし》姿で雇い人とともに酒場で立ち働いた逸話と同じように、曹雪芹が日々の糧を求めるのに精一杯の貧乏暮らしを余儀なくされていたことを指す。ただ、末尾の四句では次のように言う。

勧君莫弾食客鋏　君《きみ》に勧《すす》む　食客《しょっかく》の鋏《つるぎ》を弾《はじ》く莫《な》かれ
勧君莫叩富児門　君《きみ》に勧《すす》む　富児《ふじ》の門《もん》を叩《たた》く莫《な》かれ
残杯冷炙有徳色　残杯《ざんぱい》　冷炙《れいしゃ》　徳色有《とくしょくあ》り
不如著書黄葉村　書《しょ》を黄葉村《こうようそん》に著《あらわ》すに如《し》かず

この詩は乾隆二十二年（一七五七）秋の作であり、曹雪芹はすでに「黄葉村」（具体的には北京の西郊）で『紅楼夢』の創作に取り組んでいた。また、敦誠の七言律詩「曹雪芹に贈る」には、「歩兵の白眼人に向かって斜めなり」と言い、曹雪芹は歩兵（阮籍）と同じく俗人には白眼を剝いて、彼らにおもねるようなことはしなかったと述べる。敦敏の七言絶句「芹圃の画石に題す」には、

傲骨如君世已奇
嶙峋更見此支離
酔余奮掃如椽筆
写出胸中磈礧時

傲骨《ごうこつ》　君《きみ》の如《ごと》き　世《よ》に已《すで》に奇《き》なり
嶙峋《りんじゅん》　更《さら》に此《こ》の支離《しり》を見《み》る
酔余《すいよ》　奮《ふる》いて掃《はら》う　椽《たる》の如《ごと》き筆《ふで》
胸中《きょうちゅう》の磈礧《かいらい》を写《そそ》ぎ出《いだ》す時《とき》

とあって、「阮籍《げんせき》は胸中《きょうちゅう》に塁塊《るいかい》あり、故《ゆえ》に須《すべから》く酒《さけ》もて之《これ》を澆《そそ》ぐべし」（『世説新語』任誕篇）を想起させ、筆先にほとばしる荒ぶる思いがしのばれる。曹雪芹が画を得意としたことについては、張宜泉の「芹渓居士に題す」の序文にも、「詩に工《たくみ》にして画を善《よ》くす」と述べている。『紅楼夢』第四十二回で、薛宝釵に延々と画論を展開し画材を羅列させているのも、そうした経験に裏打ちされているのだろう。もっとも阮籍と同じように「酒もて之を澆ぐ」こともしばしばであった。乾隆二十七年（一七六二）の秋に敦誠が作った「佩刀質酒歌《はいとうちしゅか》」の序文に、「秋の明け方、雪芹とたまたま槐園《かいえん》（敦敏の別荘）で出会った。雨はザアザアと降り止まず、朝の冷気が衣を透かして入り込む。そのとき主人はまだ姿を見せず、雪芹

は「酒に渇すること狂するが如し」という様子だった。そこでわたしが佩刀を解き、酒を買って飲ませてやったところ、雪芹はたいそう喜んで、長詩を作って感謝し、わたしもこの篇を作ってお返しとした」といい、「曹子は大いに笑って快哉《かいさい》を称《しょう》し、石を撃ち歌を作って声琅琅《ろうろう》たり」と、その豪快な有様を描く。敦誠が何人かの故人を追憶した長詩においても、曹雪芹は、「詩は李昌谷《りしょうこく》を追う」、「阮歩兵《げんほへい》より狂なり」と歌われ、鬼才と呼ばれた李賀《りが》（七九一〜八一七）と阮籍が引き合いに出されている。

曹雪芹の死について、敦誠は「曹雪芹を輓《いた》む」の自注で、「数か月前に彼の子供が亡くなったため、悲しみのあまり病気になった」と述べている。あとには妻が残されたらしい。『紅楼夢』は曹雪芹の自伝であるという説（本書二一九頁）が受け入れられるにともなって、曹雪芹の肖像や遺品と称するものが相次いで世に出たが、いずれも確証は得られず、むしろ偽作と断定されたものも少なくない。補作者とされる高鶚《こうがく》についても、参考までに『中国小説史略』を引いておく。

高鶚、すなわち字は蘭墅《らんしょ》、鑲黄旗《じょうこうき》漢軍の出身で、乾隆戊申（五十三年、一七八八）の挙人、乙卯（六十年、一七九五）の進士で、すぐに翰林院に入り、官は侍衛を授けられ、また嘉慶辛酉（六年、一八〇一）の順天郷試の同考官（副審査官）をしたこともある。彼が『紅楼夢』を補作したのは、乾隆辛亥（五十六年、一七九一）のころであるはずで、まだ進士にならず、「閑でかつ退屈し切っていた」。だから曹雪芹の蕭条の感とは、たまたま相通ずるところがあったのかも知れない。しかしまだ心が死灰のようになっていないから、（中略）続書も悲涼ではあるけれども、賈氏はついには「蘭桂ともに匂う」ようになり、家運もまた回復する。これは「すっからかんの大地が残されて　きれいさっぱり」（第五回、本書一四頁）とは殊に似ない。

補作者としての高鶚の役割がどのようなものであったかについては、後四十回を彼の完全なオリジナルと考えるか、それとも何らかの先行する原稿に彼が手を入れたと考えるか、かりに先行する原稿があったとして、手を入れたのはどの程度なのか等々、問題が山積しており、様々な見解が出されたまま解決に至っていないのが現状である。

第三章　作品の受容

第一節　紅迷《ホンミー》のこだわり――神は細部に宿り給う

まず紅迷《ホンミー》（紅楼夢フリーク）のエピソードを紹介しよう。

蘇州の金《きん》某は、私の友人の紀友梅《きゆうばい》の親戚であり、『紅楼夢』を愛読し、林黛玉《りんたいぎょく》の位牌を設けて、日夜それを祭った。黛玉が絶食し詩稿を焚く数回まで読み進むと、嗚咽して声を失った。夜中にいつも忍び泣きし、とうとう精神に異常を来してしまった。ある日、香を焚いてじっと跪いていたが、しばらくすると立ち上がって炉の中の香を抜き、門を出ようとした。家人がどこに行くのか尋ねると、「警幻天《けいげんてん》に行って、瀟湘妃子《しょうしょうひし》にお目にかかるのだ」と答えた。家人は引き止めたが、正気を失ったり我に返ったり、泣いたかと思うとすぐ笑うといった有様で、とうとう真夜中に失踪して、数か月後にようやく保護された。（鄒弢『三借廬筆談』巻三）

小説の世界によって現実をかき消され、精神のバランスを失った人々は、必死になって『紅楼夢』の中で再生を図ろうとする。『紅楼夢』に自分の居場所を見出そうとする。正常な人々にとって、もちろんそれは狂気の沙汰としか映らず、何らかの措置が取られねばならない。それは公的には、『紅楼夢』に限らず、つねに通俗小説全体をターゲットとする政策として現れた。王利器が輯録した『元明清三代禁毀小説戯曲史料』（上海古籍出版社、一九八一年）を見ると、そうした取り締まりが繰り返し行われてきたことがよく分かる。こうした禁令と相応じる形で唱えられるのが、たとえば、

私は日ごろ逸話集や不道徳な小説を読むのを好まなかったが、〔太平天国の〕乱が起こって江北《こうほく》の通州《つうしゅう》の石港場にある婿の家に避難した際、無聊の極みに『紅楼夢』を見た。上に王魯生《おうろせい》復老《ふくろう》秀才の手批があり、讃歎してやまなかった。そこで一通り読んでみて、この書は曹雪芹が感じる所があって作ったもので、その本意は勧善懲悪にあることが分かった。しかし文章は妖艶な趣を呈し、淫迹はあからさまになることなく、淫心は内に潜み隠れており、小説中の情書でもある。高明なる子弟がこれを読めば、たちまち病膏肓《やまいこうこう》に入って、治療することはできなくなる。その罰当たりなことはいかほどだろう。これによって不道徳な小説が深閨の令嬢や書斎の貴公子に及ぼす害毒は、戦争や災害、盗賊よりも甚だしいことが分かった。世の善行を好む人々が、不道徳な小説をすべて回収して燃やしてしまったなら、その功徳はいかほどだろう。このことを記して、天下後世の好んで淫書を読む者に対する鑑《かがみ》とする。（斉学裘『見聞随筆』巻十五）

しかし、正統派の反対をものともせずに『紅楼夢』が爆発的に流行することには、当然それなりの理由がある。各種版本に冠せられた序文には、

天下後世に『紅楼夢』が名教に功有る書、学問に裨益する書、世道人心に関わる書であることを直視させ、荒唐無稽の小説として軽んじることがないようにさせる。（鴛湖月痴子「妙復軒石頭記序」）

というように、ずいぶん肩に力が入った主張も見受けられるが、

私が『紅楼夢』を愛して読み、読んで批評することには、もとより情として禁じ得ないものがある。（王希廉「紅楼夢批序」）

時に『紅楼夢』を読み、洋洋灑灑《ようようさいさい》としてどこまでも限りないことを愛した。人の心情を描写し、物の姿態を彫り刻むに当たって、まことに見事に肺腑を抉り造化の巧みさに則《のっと》っている。思うに文章の素晴らしさの点で、これより素晴らしいものはないが、それがなぜ素晴らしいのかについては分からなかった。（孫桐生「妙復軒石頭記序」）

と、『紅楼夢』に魅了された素直な気持ちを表明するものも多く、それが批評活動の出発点になることは言うまでもない。もちろん批評ということになれば、『紅楼夢』の複雑な構成、多用な仕掛けを読者に提示し、「眼光紙背《しはい》に徹する」読みを促すことが最大の責務とされる。一般の読者には見えないものがすでに見えていると自負する評者は、あたかも大観園《たいかんえん》を周遊する賈政《かせい》一行を導く賈珍《かちん》が、設計者であ

る山子野《さんしゃ》の発想の妙を次々と紹介していくように、『紅楼夢』の中をめぐり歩く。『紅楼夢』の三家評として大きな影響力を持った護花主人王希廉《おうきれん》、大某山民姚燮《ようしょう》、太平閑人張新之《ちょうしんし》の批評を見てみると、読者が最初に持つべき心構えは、たとえば次のように示される。

『紅楼夢』において、全体を通じて最も重要な鍵は真と仮の二字である。読者は知らなければならない、真はすなわち仮、仮はすなわち真、真の中に仮があり、仮の中に真があり、真は真でなく、仮は仮でないことを。この幾つかの意図を理解すれば、甄宝玉《しんほうぎょく》と賈宝玉《かほうぎょく》が一であり二であることは心の内でたちまち了解され、作者から冷笑されることもなく、また作者の創意工夫を認識することもできる。（王希廉「紅楼夢総評」）

この作品全体の季節は、真夏の長い昼下がりに士隠《しいん》が閑座している場面から始まり、賈政が雪空のもとで宝玉に出会う場面で終わる。熱に始まり、冷に終わり、天時と人事が暗黙のうちに合致しており、作者の微意である。（姚燮「読紅楼夢綱領」）

『紅楼夢』が、人口に膾炙したのみならず、人心に深く食い入り、性情を移し変え、『金瓶梅』よりはるかに罪作りになってしまったのは、読者が正面だけを知って、その反面を知らないからである。ますぐれた鑑識眼の持ち主がいて見抜いたとしても、これまた恍惚茫然として、得たかと思うとすぐに失い、やはり束縛から脱するのは難しい。閑人（張新之）の批評は、作者の正意や書中の反面を、一斉に湧き上がらせている。それでこそ聴く者は戒めとするに足り、言う者は罪が無い。大変素晴らしいことではないだろうか。（張新之「紅楼夢読法」）

しかし評者たちの真骨頂はむしろ細部の検証にあるようだ。たとえば、

『紅楼夢』は構成が緻密で、切り換えは錯綜し、もとより美を尽くし善を尽くしていて、『水滸伝』、『三国志演義』、『西遊記』、『金瓶梅』を除けば、その右に出る小説はない。しかし詳細に読み進めていくと、脱落や誤謬、及び人の気持ちを満足させない箇所が出て来る。私が読んだ小型本は本屋の翻刻版であり、作者の原本に問題があったのか、それとも翻刻に脱落や誤謬があったのかは、検証しようがない。とりあえず見たものについて、数条を摘録して高明の士に質す。

という王希廉の「紅楼夢総評」は、作品の成立過程に関わるような矛盾点をきちんと指摘する。これは今日でも有効性を失っていない。

第十二回の中で、この年の冬の終わりに林如海《りんじょかい》が重態になり、手紙を書いて林黛玉を呼び寄せようとしたので、おばあさまは賈璉《かれん》に送らせている。第十四回の中ではまた、賈璉が昭児《しょうじ》を戻して

報告させ、如海は九月三日に病没した、二爺（賈璉）は林のお嬢さまとともに柩を蘇州まで送った後、年末には急ぎ帰る、長い毛皮の衣服が欲しいなどと語っている。もし林如海が九月初めに亡くなったのであれば、手紙を書いて黛玉を呼び寄せようとしたのは七月か八月のはずで、冬の終わりまでずれ込むはずはない。まして賈璉が冬の終わりに都を出立したのなら、長い毛皮の衣服はその時点で携えているはずであり、どうしてまた人を遣わして取りに来させるだろうか。さらに年末にようやく都を立って揚州に到着し、また柩を送って蘇州まで行くとなれば、どうして年末に急ぎ帰って来ることができようか。話の前後に矛盾があるようだ。

また姚燮は人物造型に関する作者の工夫を、

『紅楼夢』がこしらえた題のうち、たとえば俊《すぐ》れし襲人《しゅうじん》、俏《みめよ》き平児《へいじ》、痴《うつけ》の女児《むすめ》（小紅《しょうこう》）、情《まごころ》の哥哥《ぼっちゃん》（宝玉）、冷《むじひ》な郎君《わかもの》（湘蓮）、勇《やんちゃ》な晴雯《せいぶん》、敏《するど》い探春《たんしゅん》、賢《かしこ》い宝釵《ほうさ》、慧《さと》き紫鵑《しけん》、慈《やさ》しき姨媽《おば》（薛《せつ》おばさま）、呆《のめりこみ》香菱《こうりょう》、憨《ありのまま》湘雲《しょううん》、幽淑《しとやか》な女《むすめ》（黛玉）、浪蕩子《どらむすこ》（賈璉）、情《まごころ》の小妹《いもうと》（尤三姐《ゆうさんしゃ》）、苦しき尤娘《ゆうじょう》（尤二姐《ゆうじしゃ》）、酸《ヤキモチ》鳳姐《ほうしゃ》（王熙鳳《おうきほう》）、痴《うつけ》の丫頭《こまづかい》（傻大姐《とんまちゃん》）、懦《いくじなし》の小姐《おじょうさん》（迎春《げいしゅん》）、苦しき絳珠《こうじゅ》（黛玉）、病《や》める神瑛《しんえい》（宝玉）の類は、すべてちゃんと事柄に因《ちな》んで適切なものを選んでおり、あたかも立派な諡《おくりな》を賜ったかのようだ。

といった観点からとらえるし、数にこだわる批評の在り方も面白い。

賈府の姉妹には乳母以外に、しつけ係りの老婆四人、側近の侍女二人、掃除や雑用を受け持つ小侍女四、五人がおり、大観園に移り住んでからは、それぞれに老婆二人が付き、また雑役の侍女数人が配された。一人の娘に対して仕える者が十人以上であるから、その他は推して知るべしである。

月々の手当を論じれば、王《おう》夫人は毎月銀二十両である。李紈《りがん》は毎月十両だが、後にまた十両加算された。周《しゅう》、趙《ちょう》の二人の側室は毎月二両である。おばあさまの所の侍女は毎月一両で、他に銅銭四吊、宝玉の所の主だった侍女はそれぞれ毎月一吊（一千文）、小侍女八人はそれぞれ毎月各五百文、それ以外の各部屋もすべて規定に則っている。この一項だけでも、その費用は非常に大きい。

さらに張新之の次のような指摘は、読者の大きな共感を呼んだに相違ない。

この作品は宝釵と黛玉をライバルとして叙述しており、襲人と晴雯は二人の影にほかならない。宝玉と黛玉のエピソードを描いた場合、その後に続いて描かれるのは必ず宝釵であり、宝玉と宝釵のエピソードを描いた場合、その後に続いて描かれるのは必ず黛玉である。そうでなければ襲人を宝釵の代わりに用い、晴雯を黛玉の代わりに用いる。まま他人で受けることもあるが、それでも決して本来の場所を逸脱しない。一糸乱れず、確固不抜であることこそ、全体を貫く根本的な文章法なのである。

なぜならここに言われる「黛玉－晴雯」と「宝釵－襲人」の対立関係こそ、続編という手段に訴えた紅迷たちが独自の手法を用いて修正を施そうとした最大の問題だからである。黛玉と宝玉が結ばれない以上、『紅楼夢』は終わっていない。夢はまだ見続けることができるし、またそうしなければならない。「夢の涯までも」と意気込む彼らは、様々に知恵を絞ろうとする。

ちなみに、このような情熱は特に不思議なものではない。身近な例を一つ挙げれば、新海誠監督のアニメーション『秒速5センチメートル』（二〇〇七年）で、ついに結ばれることなく終わった主人公――遠野貴樹と篠原明里――を、本編の良さを素直に認めつつも、それでもどうにかしていわゆるハッピーエンドに導こうとする、エリアス・カネッティの著作のタイトルを手前勝手に借用すれば、二人の「断ち切られた未来」を取り戻してあげようとする二次創作の「涙ぐましい」努力と相通じている。シンプルでストレートな結末を夢見る受け手の「やるせなさ」を、誰も笑うことなどできないだろう。

いま一つ付け加えておけば、「この作品は宝釵と黛玉をライバルとして叙述しており、襲人と晴雯は二人の影にほかならない」という張新之の意見は、なるほど分かりやすいかも知れないが、これには大きな落とし穴がある。この点については、本書一五二頁以下で述べた通りである。

それはさておき、かたや「黛玉－晴雯」、かたや「宝釵－襲人」という二項対立の発想は、続編の中でどのような物語を生み出したのだろうか。具体的に見ていくことにしよう。

第二節　夢の涯までも――続編の出現

一粟《いちぞく》の『紅楼夢書録』（古典文学出版社、一九五八年）が全部で三十二の書名を著録する続編のうち、「黛玉－晴雯」と「宝釵－襲人」の逆転を図ることを宣言した三篇を見ていくことにしたい。

（1）『続紅楼夢』（一七九九年刊）

の作者秦子忱《しんししん》は次のように言う。

『紅楼夢』は人口に膾炙すること数十年だが、わたしは孤陋寡聞のゆえ読んだことがなかった。丁巳（一七九七年）春、わたしはたまたま疱瘡の病に罹ったので、休暇を申請して療養したが、枕に伏して呻吟し、苦痛に耐えられなかった。同僚の中にこれを持っている者がいたので、さっそく借りて読み、気を紛らわすことにした。（中略）宝玉と黛玉の情縁について結局納得することができなかった。補天の石を以てしても、なおこの欠陥があるのだろうか。職務の合間に東魯《とうろ》書院を訪ね、鄭薬園《ていやくえん》山長と面会した際に、たまたまこの話に及んだ。薬園が戯れに、「きみはどうして続きを書かないのか」と言ったので、わたしは笑ってうなずいたが、もちろん一時の冗談に過ぎなかった。薬園は滕《とう》に転任すると、また手紙を寄越し、「『紅楼夢』にはすでに続編がある。きみは読んだか」と言った。わたしは先んじてわが意を得たことをひそかに喜んだ。そこで八方手を尽くして購い求め、その全貌を窺うことができた。読んでみると、その文章は雄大で詩句は新奇であり、たいへん敬服した。しかし物語の展開を細かく吟味してみると、おおむね原本から逸脱し、言葉や語り口も前書と一致せず、読者に満たされない気持ちを抱かせてしまう。わたしは以前の志が甦って来るのを抑えられず、戯れに数巻を続けて、かつての言葉を実践することにした。

言うまでもなく、作者の目的は黛玉と宝玉をめでたく結ばせることにある。そのためには大観園を元の姿に戻さねばならず、さらに原作（本節ではすべて百二十回本を指す）で「末世」とされ、最終回でかろうじて復興の兆しが見えた賈家を完全に立ち直らせねばならない。したがって原作では物語の枠組みを形作るに過ぎなかった天上世界、さらには地下世界を積極的に活用して、原作の結末を超自然的に改めることになる。天地二つの世界はたやすく往来できるようになり、分かち難く融合してしまった。原作に盛り込まれた数多くのエピソードも、詩社のように再現されたり、新たに構想された類似の出来事の中で思い出話として語られたりする。原作のエピソードをいかに巧みに滑り込ませるかというのは、続編の作者の腕の見せ所であり、原作の内容を熟知している読者なら秦子忱の苦心を読み取ることができるだろう。その巧拙はともかくとして、絶えず原作に返りながら物語を進行させる手法は、続編としては手堅いものだと言えよう。

しかし、黛玉と宝玉をめでたく結ばせることを最大の目標とする以上、そこには原作から大きく逸脱し、続編のオリジナリティーを発揮しなければならない課題が横たわる。それは黛玉と宝玉が結ばれてしまった後の大観園とは何なのか、という課題である。そこではもはや少年少女の関係を正面に打ち出すことはできず、必然的に「結ばれた」男女の関係を中心にせざるを得ない。それゆえ登場人物は細大漏らさず夫婦（側室を含む）の関係をあてがわれ、子供を儲けることになる。これはすでに原作の最後で現れていたことだが、秦子忱はそれを徹底的に推し進めた。賈家の復興を見届けた後に、おばあさまが天界の賈代善《かだいぜん》のもとに赴くという設定は、賈代善を登場させることによって賈家の復興に確実な印象を与える効果もあるには相違ないが、黛玉と宝玉以下、たとえば林成玉《りんせいぎょく》（再生した史湘雲の夫。天子の命で林如海の後嗣となる。いわゆるオリキャラ）と史湘雲、馮淵《ふうえん》（買い求めた香菱を薛蟠《せつはん》に奪われて殺された人物）と夏金桂《かきんけい》、賈珠《かしゅ》と鴛鴦《えんおう》、焙茗《はいめい》（茗烟）と卍児《まんじ》（賈家の小侍女）などなど、そして極め付きは宝玉と六人の侍女に至るまで、時には原作の因縁をも踏み越えて男女関係を量産する続編の在り方を象徴している。そこで何が起こるかと言えば、女性たちの会話が男女関係をめぐる戯れ言に偏り、さすがに『金瓶梅』のような描写はないものの、夜になると大人か子供か分からないようなドタバタが繰り返されてしまう。大人か子供か分からない――続編（大人の世界）の中で原作（子供の世界）を復活させるという、気持ちとしては理解できないでもない手法が、かえって登場人物を中途半端な存在にした。時には黛玉と宝釵をも含め、毎晩のように六人の侍女たちと珍騒動を繰り広げる宝玉の姿は、読者に胸焼けを起こさせるものでしかない。再生する時には人乳を飲まねばならず、それゆえ黛玉と宝玉が宝釵の乳首に吸いつくという描写に、いったいどんな意味があるのだろうか。

（２）『紅楼円夢』（一八一四年刊）の作者臨鶴山人《りんかくさんじん》（夢夢先生）の序文は、

宝釵や襲人のようなエセ道学者で陰険な連中を残らず抑え込み、黛玉や晴雯のような真の才学の持ち主で爽快な人々をすべて持ち上げる。

と、断固として宝釵を退け、黛玉を優位に立たせようとする。臨鶴山人は黛玉を再生させる一方、晴雯を芙蓉神として天界に残す手法を取った。また単純な再生は黛玉一人に止め、生まれ変わりという方法を多用して十二釵の再興を図っている。原作の基準が身分の相違で正副を分けていたのに対し、ここでは宝玉の妻妾であるかどうかが基準となる。しかも天界へ戻った者についても、十二月の花神として十二釵の体裁を保とうとしたことは、それなりの工夫とみなしていいだろう。十二人の中に劉《りゅう》ばあさんが入っているのは何とも御愛嬌だが。とは言え、正釵に組み込まれた人物の、原作における立場から見れば、この振り分けはかなり面白い。八人の側室のうち、黛玉付きの紫鵑と宝釵付きの鶯児《おうじ》は別にして、残る六人はすべて宝玉との間に「公認されない」特別の感情を抱いたことのある人物だと言ってよい。とりわけ目立つのが、唯一他人の体を借りて再生した鴛鴦の場合である。賈赦《かしゃ》の横暴のせいで、決して宝玉とは口をきかないという誓いを立てざるを得なかった原作の彼女の内心を思いやった結果、作者は彼女を側室の一人に加えたのだろう。肉体そのものの復活は認めない原則を崩すことはしなかったが、せめて精神だけは本来の鴛鴦のままにしておきたいと考えたようだ。賈政に一定の役割を与えて物語を展開した作者が、黛玉派とでも呼べる少女たちを優遇したことは、第二の襲人と言われた麝月《じゃげつ》がまったく問題にされていない点からも窺える。一方、形の上では黛玉と同等の地位をかろうじて維持した宝釵は、元の夫人と言ってもいいほど、全編を通じてひじょうに影が薄い。さらに襲人の場合、芙蓉仙姑の晴雯からさんざんに打擲、罵倒、嘲弄されたあげく、ようやく許されて十二正釵のしんがりに加えられた。彼女を最終的に許すことが、逆に晴雯の圧倒的な優越性を印象づける仕掛けになっていると言えよう。また悪役（と言うより道化役だが）である薛蟠、側室の趙氏、馬道婆《ばどうば》（賈家に出入りする女性道士）、王善保《おうぜんほ》のかみさんなどにも、因果応報の論理が漏れなく適用されている。

しかし黛玉派の逆襲譚とみなし得る『紅楼円夢』にも、ある意味で前出の『続紅楼夢』と共通する欠陥がどうしようもなく露呈している。それは新十二釵をかき集めるためにせかせかとストーリーが展開し、しかもそこに勅命と魔術という絶対的作用をもたらす要素が散りばめられている点である。黛玉と宝玉の関係一つに絞ってみても、前世の因縁である結婚が、まさしく前世の因縁だからという理由でいとも簡単に成立してしまうと、それは処理済みの事柄になってしまい、物語はむしろ「十二」という数の達成に焦点を当てることになる。二人の前途を阻害したとして、おばあさまや元春《げんしゅん》が天帝のお叱りを蒙るほどの重大事も、単に予定通り進行するエピソードの一つに過ぎない。黛玉を正夫人に据えさえすれば、残る目標は家門の繁栄あるのみ——それが続編に課せられた宿命なのだろうか。やがて賈政と同じように、宝玉も七十歳の誕生日を祝福され、同じく年老いた黛玉が傍らにいるのだとすれば、続編は「夢の続き」を描きながら、じつは現実肯定にずり落ちていくものでしかない。『紅楼夢』とは、幸せな夢を見ていればいくらでも続きが書ける作品ではないことが分かる。夢は現実の極北に屹立することを、続編は反面から教えてくれると言えよう。

（3）帰鋤子《きじょし》の『紅楼夢補』（一八一九年刊）について、犀脊山樵《さいせきさんしょう》の序文は次のように言う。

栄国府の美女たちは、王夫人を中心としており、王夫人の心の中では宝釵を淑女とし、襲人を良婢とする。しかし宝釵には先奸後娶の譏りがあり、襲人は最初宝玉を導いた際に淫の手段によった。これは淑なる者は淑でなく、良なる者は良でないということである。これを人君に譬えれば、いわゆる忠なる者は忠でなく、賢なる者は賢でないということである。また王夫人は心の中で、黛玉は宝玉と私通しているのではないか、晴雯は色仕掛けで主人を誘惑したのではないかと疑った。ところが黛玉は臨終に際してわが身は純潔だと言い、晴雯は臨終に際して後悔先に立たずと言った。これは、私通はもとより私通でなく、誘惑もまた誘惑でなかったということである。これを人臣に譬えれば、いわゆる忠にして疑われ、信にして謗られるということである。帰鋤子はこのことに感じ、それゆえその冤罪を晴らして欠陥を補い、つとめて黛玉を筆頭の位に、晴雯を左右の輔弼に直して、胸中の鬱鬱たる不平の思いを吐き出した。これぞまことに錬石補天の妙手である。

『懺玉楼叢書提要《さんぎょくろう》』はこの作品を、「解盦居士《かいあんこじ》は、翻案の諸作ではこれが第一だと称するが、わたしもそう思う」と評価し（『紅楼夢書録』による）、『中国通俗小説書目提要』（中国文聯出版公司、一九九〇年）も、「この作品は大団円の結末を描いたが、人生の不足の点を覆い隠してはおらず、すこぶる原作の神韻を得た部分がある」と好意的である。原作の結末を御破算にするという思い切った方法を取り、第九十七回（黛玉が宝玉と宝釵の結婚を知る場面）を承けて始めた帰鋤子は、「叙略」の中で、

この作品は第一回で警幻仙姑が離恨天《りこんてん》を補うことを話題にしたと記すが、前書ではまだ情縁を完了していないので、当然ながら一つ一つ補っている。

と述べて、続編執筆の意図を明らかにする。もちろんどうしても覆せない大前提もあり、たとえば黛玉と宝釵について言えば、

黛玉は書中の主であり、警幻仙姑が十二釵の冊子を差し替えるのは、ひとえに黛玉のために図ったものだから、当然その占めるべき地位を考慮して、意気揚々と前書における憤激怨恨を一掃させねばならない。ただ主ばかり顧みて賓を顧みないのでは、結局欠陥を留めてしまい、補うことの本意ではない。それゆえ十二釵の冊子が改まったとしても、宝釵が死ななければ人の心を満足させるに足りず、宝釵が死んだままで生き返らなければ、これまた人の心を満足させるに足りない。

というように、最終的には融和が図られ、黛玉は瀟湘館《しょうしょうかん》に、宝釵は蘅蕪苑《こうぶえん》に、そして側室となった侍女たちはまとめて怡紅院《いこういん》に納まることになる。襲人すらもが「キズもの」になることなく、大観園に復帰した。しかも宝玉は例によって科挙に合格した上に、天子から称賛され、加えて一年間の出仕猶予を認められた。世俗の承認を得たのみならず、それに対する義務の履行を先延ばしにしてもらったことになる。これが甘い夢でなくて何だろうか。

ただこの『紅楼夢補』の結末には、前述の批評が指摘するように幾分考えさせられる点もある。少女たちに幸福を授け、それを裏書きするように、書き換えられた十二釵の冊子を保管する太虚幻境は、地上に太虚宮（警幻仙姑以下の仙女像が安置される）という実体を持った。太虚宮の造営は、大観園よりいっそう露骨な形を取った夢の現実化であり、夢と現実が一瞬交叉した地点に大観園を設定し、最終的にそれを元通り引き離した原作に比べると、読者をいっそう安心させる。ただ、最終回はおよそ次のように結ばれている。

大晦日、客人の応対に疲れて怡紅院で休息していた宝玉は、妙玉《みょうぎょく》から呼び出される。太虚宮に着いた宝玉は尤三姐《ゆうさんしゃ》と思しき女性に案内され、訂正された金陵十二釵の冊子を見せてもらう。写し終わった宝玉は怡紅院に戻り、警幻仙姑が絳珠仙子の宿縁を決着させて冊子を改めたことを皆に告げ、その冊子を見せようとするが、黛玉に破られそうになる。宝玉が取り返そうとした瞬間、大音響とともに天から大石が落下する。驚いた宝玉が目を醒ますと、周囲には誰の姿も見えず、なんと紅楼の一夢であった。

宝玉は最後にどこで目覚めたのだろうか。休息を取ろうとした怡紅院だろうか。かつて太虚幻境を訪れた甄士隠《しんしいん》や宝玉は、いずれも元の現実に戻って来ている。大音響とともに目覚めるという設定は、原作第一回の甄士隠の有様に酷似しているから、『紅楼夢補』の構想もそれに類しているように見える。そうだとすれば、宝玉はまもなくにぎやかな年越しの宴に戻って行くことになるだろう。しかし「紅楼の一夢」冊子を取り返そうとした宝玉は、太虚幻境に足を踏み入れようとした甄士隠にほかならない。は太虚幻境や大観園そのものを夢だと悟らせる含みを持っているのではないか。宝玉が目覚めた場所が大荒山の青埂峰《せいこうほう》だとすれば、帰鋤子の構想は相当に質が高い。宝玉は例の大石の姿に戻り、続編は原作第一回に還ることによって結ばれるのである。太虚宮拝観の際に、宮殿の「薄命」や「暮哭」といった文字を「造福」や「暮楽」に改めようと言った宝玉に対して、自分たちはむしろ例外であり、世人にはそれが必要だと黛玉は答えているが、これは秦子忱の『続紅楼夢』のおめでたさに比べると、はるかに抑制が利いている。抑制が利いていると言えば、『紅楼夢補』では黛玉や宝釵、そして晴雯ら側室に至るまで、誰一人実際に身ごもった者はいない。

ただ、その『紅楼夢補』にしても、賈家の没落（末世）こそが少女たちの離散を招く背景であるとする原作の枠組みを単純に押し返し、少女たちを離散させないために賈家の没落を防ぐ、いやそれどころか一層繁栄させるという手法を取らざるを得なかった。かくて瀟湘館の敷地にはじつは銀子がどっさり眠っていたとされ、それを元手に黛玉は完璧に家務を取り仕切っていく。賈家は万全の構えを保ち、たとえ太虚幻境に旅立って行くにせよ、少女たちは笑顔でこの地上に別れを告げる。太虚宮はさしずめ幸せな「夢の入口」ということになる。読者はそれを唯一の慰めとするのだろうか。太虚宮に安置された仙女像の役割は、例の紅迷が拝んだ黛玉の位牌と基本的に変わらない。

『紅楼夢』自体の意義を考える場合、続編の内容や手法を吟味することはたしかに派生的な問題に過ぎないように見える。しかし第一回冒頭で「読み捨てられて結構」と読者を挑発したこの作品が、原作の内容を次々と蒸し返せばそれで一篇の小説が書けると思わせるほどに豊富な材料を提供し、多くの人々を本当に挑発して続編を書かせるに至った経過は、『紅楼夢』を模倣するという形を取った小説創作の試みが幅広く行われたことを意味する。たとえそれが稚拙な結果に終わったにせよ、物語の基本構造を考え、登場人物の行動や性格を改めてチェックし、あたかも原作の第四十二回で披露された宝釵の絵画論を実践するかのように、続編の作者が作品を組み立てねばならなかったことは言うまでもない。たとえば、黛玉や晴雯をヒロインとしてどこまで理想化すればいいのか、また反対に、宝釵や襲人の価値をどこまでどのように切り下げればいいのかといった問題は、原作をどこまで複雑な物語としてつかみ取ることができるかといった問題に直結する。これは続編の作者のみならず、『紅楼夢』の読者なら誰でも考えねばならない問題だろう。

続編における黛玉は、彼女が作品の中枢に君臨すればするほど、宝釵的あるいは煕鳳的要素を難なくわがものにしていくことになった。しかし彼女が過剰に突出することによって、他の登場人物はその活躍の場を奪われ、存在感を薄めていかざるを得ない。事柄を二項対立として捉え、その二項対立を解消する形で作品を解釈しようとする手法は、局部を全体にまで拡張することにより、かえって全体を痩せ細ったものにする。もちろん、この欠陥は続編の創作についていて指摘できるのみならず、自伝説であれ階級闘争説であれ、今日までの種々雑多な『紅楼夢』解釈が必ずぶつからざるを得なかった難問にほかならない。自らが積極的に立てた第一項が支配的に振る舞うことを自ら阻止するのは、誰にとってもたやすくないからである。この事実は、数多くの登場人物を、決して他の布置連関は考えられないほどバランスよく配置し、しかもそのバランスを、これまたそれ以外にはあり得ない方法で微妙に崩していく原作者の卓越した手腕を改めて浮き彫りにする（もちろん今日では前八十回と後四十回を分けて考えざるを得ないが）。『紅楼夢』が人間を巧みに描いたことは言うまでもない。しかし忘れてならないのは、お互いの関係性に左右される個々の人間を、関係性自体もまた可変的なものとして扱いながら巧みに描いたことなのである。

第三節　「まっとうな」批評とその落とし穴

『紅楼夢』の批評史もしくは研究史を回顧する時、「旧紅学」と「新紅学」という用語が使われる。最近の『紅楼夢』研究はますます多様な展開を見せているようだが、「旧紅学」と「新紅学」の間に横たわる断絶あるいは飛躍を凌駕するほどの質的転換を遂げたわけではない。『紅楼夢』を「まっとうな文学」として認知することが「新紅学」の画期的な意義であるとすれば、その後の厖大な数にのぼる研究論文は、すべてその延長線上に位置しているからである。

しかしながら、「新紅学」の始まりを告げた著作が、曹雪芹自伝説を唱える胡適《こせき》の『紅楼夢考証』（一九二一年）であったことは、やがて『紅楼夢』研究に大きな波紋をもたらすことになる。なぜなら、じつのところ、自伝説は「旧紅学」が得意（？）とする作中人物のモデル探しの迷宮そのものを抜け出したとは言い難いからである。実証主義的な装いをこらしつつ、「賈家」の歴史がそのまま「曹家」の歴史に置き換えられていくなかで、自伝説に基づく研究は作品の外側を堂々巡りするに過ぎず、「なぜ書くのか」、あるいは「なぜ書かれたのか」という文学研究の根本的なテーマに対しては、「家の没落」という外的な条件を提示するに止まったと言わざるを得ない。

たしかに、「書くこと」そのものの意味を追求することは、はっきりとした結論など生み出し得ない、ほとんど「不毛な」作業に等しく、他愛もないおしゃべりに堕する危険性をつねに抱えている。しかしながら、その「不毛な」道を歩み通す覚悟がない限り、文学研究は結局のところ、瑣末な歴史研究まがいの「専門的な」作業に転落していくしかないし、「生活」になぜ「文学」が必要となってくるのか、しかもなぜ相対的に自立していなければならないのか、といった問題にまともに立ち向かうことはできない。

長崎浩さんが『政治の現象学あるいはアジテーターの遍歴史』（田畑書店、一九七七年。世界書院、二〇一九年）の「あとがき」で、「政治の「イデアリズム」はどの点でリアリティをもつのか」と問いかけられたような態度を、さらに「当事者の主観性と政治的形成の客観性とが、それを形成する私のうちで織りなす相関のダイナミックスこそ、むしろ政治に固有の経験がある」と述べられたような指摘を、文学においても欠くわけにはいかないのである。一九五四年に起こったいわゆる「紅楼夢研究批判運動」は、それがすぐさまイデオロギーの他愛もないおしゃべりに堕したことはともかくとして、たんなる歴史資料ではなく、あくまで文学作品として『紅楼夢』を扱おうではないか、という一つの問題提起であったことは確かである。「『紅楼夢』が書かれるとはどういうことか」という問いに迫ろうとしたことだけは、少なくとも率直に評価しておく必要がある。

それでは、「紅楼夢研究批判運動」が起こるまで、『紅楼夢』をめぐって「書くこと」の意味が問われることはなかったのか、と言えば決してそうではない。それは、胡適の『紅楼夢考証』より早く、一九〇四年、王国維《おうこくい》の「紅楼夢評論」*によって幕を開けた。近年ではほぼ常識となっているように、発表後、この論文があまり広く顧みられなかったことが、『紅楼夢』研究、ひいては中国近代文学の創作や研究に対してたしかに一つの不幸をもたらしたのであるが、とにかく一石は投じられ、弱いながらもそれなりの反響を生み出してきた。本節では、「紅楼夢評論」に対する評価も含め、『紅楼夢』をめぐる文学論がどのように展開されたか、一九三〇年代の代表的な二つの論文を見ながらたどっていくことにする。

■王国維「紅楼夢評論」（『教育世界』第七六～八一号、但し第七九号を除く。一九〇四年三月～七月）

王国維の「紅楼夢評論」を取り上げる前に、やはり梁啓超《りょうけいちょう》、およびその流れを汲む批評にいちおう目を通しておきたい。梁啓超の「小説と群治の関係を論ず」（『新小説』第一号、一九〇二年）の最大の特徴は、「一国の民を新たにしようとするなら、まずその国の小説を新たにしないわけにはいかない」という冒頭の一文に端的に示されるように、啓蒙主義的立場からの小説の効用を整理確認することであった。小説が人間を支配する際に働く四種の力、すなわち「熏（無意識のうちの感化）」、「浸（消え去らぬ余韻）」、「刺（衝撃的な感動）」、「提（主人公への同化）」を、仏教による比喩を用い、またそれまでの作品を実例として挙げながら、分かりやすく説明している。

しかしながら、これはあくまで読み手（大衆）に対する書き手（知識人）の戦略を提示したものであり、作品自身は結局のところ、きわめて皮相的に政治上の道具として利用されるに過ぎない。梁啓超自身が著した『新中国未来記』（『新小説』第一～三号）が、小説ではなく、ほとんど政治問答集といった様相を呈さざるを得なかった例は、その何よりの証拠だろう。そうした指摘はすでに数多くなされているから、ここで改めて取り上げることは避けたいが、梁啓超の議論の中で決定的に欠落していたものは、小説を書くことの必然性を、書くことの必然性一般においてとらえる視点であったと言えよう。しかしながら、経・史・子・集の四部分類に白話《はくわ》小説（口語体小説）を収める場所など存在しないことが端的に物語るように、従来の意識において、小説を書くことは文章を書くことではな

王国維

＊日本語訳は、『中国現代文学選集』1「清末・五四前夜集」（平凡社、一九六三年）に収められる。

かった以上、その固定観念を乗り越えて小説の価値を認めることなど、到底あり得なかった。『新小説』の第一号から第一二号までに掲載された「小説叢話」において、筆者たちはたしかに種々の観点から『紅楼夢』にコメントしており、たとえば、

ここ百年来、わが国には二人の大思想家が存在する。一人は龔定庵《きょうていあん》（龔自珍《きょうじちん》）であり、一人は曹雪芹である。いずれも過去の学術社会において独自の旗印を掲げた。しかし二人とも老子学派である。わが国の社会において、およそ上級の思想を持つ人は、誰もが老子学派に入ってしまう。これは社会にとってじつに不幸である。その理由は想像できよう。（侠人）

というように、当時としては意表を突いた見解もあるにはあるが、その根拠は平凡で掘り下げを欠いている。『紅楼夢研究論文索引（一八七四～一九八二）』（書目文献出版社、一九八三年）によれば、一九〇〇年代に発表された『紅楼夢』の専論は、王国維の「紅楼夢評論」ただ一篇に過ぎないし、『二十世紀中国小説理論資料』（北京大学出版社、一九八九～一九九七年）を見る限り、他の古典小説についても専論は皆無であるから、本格的な作品論を期待するには時期尚早ということだろう。そうであればこそ、かえって「紅楼夢評論」の特異性が印象づけられるのである。

王国維が梁啓超の主張に強く反発したであろうことは、「紅楼夢評論」とともに、「近年の学術界を論ず」、「新学語の輸入を論ず」、「哲学家及び美術家の天職を論ず」（いずれも一九〇四年）や、「文学小言」（一

九〇六年）などをあわせ読めばすぐに分かる。

世の中に最も神聖、最も尊貴にして、しかも当世の役に立たないものがある。哲学と美術（芸術）がそれだ。世の人々は口々にそんなものは無用だと言うけれど、それによって哲学や美術の価値が損なわれるわけではない。哲学や美術に携わる者が自らその神聖なる地位を忘れて、当世の役に立てようと願おうものなら、その時こそ両者の価値は失われてしまう。そもそも哲学と美術が目指すものは、真理である。ここで言う真理とは、天下万世の真理であって、一時の真理ではない。この真理を明らかにする（哲学－原注）、あるいは記号を用いて表現する（美術－原注）ならば、それは天下万世の功績であり、一時の功績ではない。ただ、天下万世の真理である以上、一時一国の利益と尽く合致することは不可能だし、時には相容れない場合すらある。これこそその神聖さが存する所なのだ。（中略）しかしながら、上文の説によって、思想上のことは、中国は中国自身、西洋は西洋自身の問題なのかと疑うに至ったとすれば、これはまたそうではない。なぜなら知力（認識能力）は誰もが持っているし、宇宙や人生についての問題は誰もが解答を得ないからだ。この問題の一部分でも解明し得たものは、それが自国に発した説であろうと他国に発した説であろうと、我々の知識（認識）上の要求を満たし、我々の懐疑の苦痛を癒すことでは同一である。この宇宙を同じくし、この人生を同じくしながら、宇宙や人生に対する見方は各々異なる。しかしながら、異なるからと言って、彼此の見を生ずるのは大いに間違っている。学術が争うのは是非真偽の区別だけである。是非真偽の区別以外に、国家や人種や宗教の観点を交えたならば、それは学術を一手段とみなし、一目的とみなさないことになる。一目的とみなさずして発展を遂げる学術などあり得ない。学術の発展はその独立にかかっているのだ。とすれば、わが国の今日の学術界は、中国と外国という観点をうち破る一方、学術を政治的議論の手段としないようにしてこそ、将来の発展も約束されるのではないだろうか。（「近年の学術界を論ず」）

哲学や文学は何かの「道具」ではなく、あくまでそれ自体が「目的」なのだという主張は、今日から見れば、むしろ自然な発想である。しかし、当時としてはもちろん例外的な発想であった。すでに述べたように、政治的使命に燃えた知識人からすれば、天下国家に役立つ意義を賦与されただけでも、小説にとっては名誉なことなのであった。そうした風潮の下で、王国維は「天下国家」に対して「宇宙人生」を持ち出すことにより、「どこに思想の根拠を置くか」という問題を根本的に提起したのである。小説を書くことには生きることを問い直す意味がこめられている――そこに『紅楼夢』の意義が存在した。ギリシアのホメロス、イタリアのダンテ、イギリスのシェークスピア、ドイツのゲーテに匹敵する存在を中国に探し求めた王国維は、ショーペンハウアーの学説に依拠しながら『紅楼夢』批評のコペルニクス的転回を試みることで、中国の独自性と普遍性をつかみ取ろうとしたのである。

王国維によれば、芸術の価値は、苦痛にほかならない生の欲求から人間を遠ざけて、純粋な知識の世界に導き入れる点に存する。それが「優美（心をやわらげる美）」であれ、「壮美（激しくたかぶらせる美）」

であれ、人間の生の根底にある、物と我との利害関係を忘却せしめるのが芸術である。詩歌・戯曲・小説が芸術の頂点に据えられるのは、その目的が人間の生を描くことにあるからなのだが、とりわけ『紅楼夢』の場合、人間の生の苦痛とは、その人自らが招いたものであることを示し、その解脱の道もまた自力で求めねばならないことを示している（「紅楼夢評論」第一章「人生および芸術の概観」）。

しかもファウストのように、天才的な洞察力によって宇宙人生の本質を翻然と悟るのではなく、黛玉を筆頭とする少女たちへの思いをなかなか捨てきれずに行きつ戻りつしながらも、最後には解脱するに至った宝玉を主人公とすることで、誰もが抱く生の苦痛とそこからの解脱の道を展開してくれたのである（第二章「紅楼夢の精神」）。

それはまた、通常の道徳や人情、境遇の中で身にふりかかる悲劇——たとえば宝玉と黛玉の実らぬ恋——を描いて、解脱の必然性を明らかにしている。ところが、悲劇中の悲劇である『紅楼夢』の精神は、現世的で楽天的な中国人の国民性と大いにかけ離れているために、これまでまともに取り上げられていない。作者の姓名や作品の成立時期すら定かでないのが、その何よりの証拠である。そして一個人の性質ではなく、人類全体の性質を描写するのが芸術であることなど理解されぬまま、主人公のモデル探しだけが盛んに行われてきた。

我々は作者の姓名に関して、まだたしかな知識を持ち合わせていない。これは我々無学な人間の恥であるのみならず、二百年来、我々の先達がこの宇宙の大著述に対していかに冷淡な態度を取ってきたかということをも明らかにする。いったい誰がこの大著述の作者に、自分の名前を記すことをはばからせるような結果をもたらしたのだろう。これによって、この作品の性質がわが国民の性質に大いに背くこと、我々が生の欲求に耽溺して芸術の知識に乏しいことが分かる。（第二章「紅楼夢の精神」）

哲学や文学をあくまで政治から切り離そうとする王国維の態度は、「国朝漢学派戴阮《たいげん》二家の哲学説」（一九〇四年）の結びで、中国人の性質は徹頭徹尾実際的なので理論哲学には向かない、と述べたことからも逆に分かるように、従来の思考の枠組を越えようとする強い決意に支えられている。そうした中で『紅楼夢』の普遍的な価値が発見され、彼の大きな拠り所となった。それ自体完結した作品世界を、強引に個々の事実に引き戻すのではなく、その世界が全体として言わんとするところのものは何かを探る——消遣《シャオチエン》（ひまつぶし）の道具に過ぎなかった白話小説に、王国維ははじめて文学としての意義を見出したのである。それは政治的な意義を見出した梁啓超とは、完全に異なる視点であった。

分厚い書物が枕代わりに使われることが避けられないのと同じく、文学作品が政治的に利用されることは避けられないし、それはもちろん政治の勝手である。べつに梁啓超を批判するには当たらない。ただ、文学自身の目的を追求しようという試みは、当時、王国維一人が志したものであったことも、また紛れもない事実である。胡適の唱えた曹雪芹自伝説が、モデル穿鑿の延長線上にあるという意味では新味がないのに比べると、彼の主張は、文学研究における伝統的な考え方を明らかに突破している。この点こそが重要なのであり、その意味では後年、彼が『宋元戯曲考』を著すに至ったことも決して意外ではない。「紅楼夢評論」の観点や結論を、新しい資料や理論を駆使して批判することは、梁啓超を批判することと同じく簡単である。だがそれだけのことだろう。

■李長之《りちょうし》「紅楼夢批判」（『清華週刊』第三九巻第一期・第七期、一九三三年三月〜四月）

【本文の要約】

〈まえがき〉

中国人を精神的に束縛するものとして二つのことが挙げられる。一つは「咬文嚼字」（字句の穿鑿）であり、一つは長らく続いた政治的圧迫による奴隷根性である。「咬文嚼字」の代表作である蔡元培《さいげんばい》の『石頭記索隠』（一九一六年）は、今日に至るまで、なぜ十数回も再版されているのだろう。この書の執筆の動機は、満州族の圧迫によって幻想的に生み出された革命の影ではないのだろうか。一九二二年、胡適の『紅楼夢考証』が発表された後も、賈宝玉は二老爺（賈政）を恐れ、西門慶《せいもんけい》は武二郎（武松《ぶしょう》）を恐れたことを根拠に、『紅楼夢』は同一の故事を叙述したことを証明しようとする『紅楼夢抉微《けつび》』が現れる始末である。奴隷根性を除き難い例として、たとえば我々は毎日のようにダンテだ、ゲーテだと論じるくせに、曹雪芹に対しては非常に冷淡である。『紅楼夢』は相変わらず暇つぶしの道具としてしか扱われていない。

一九〇四年、王国維は「紅楼夢評論」を著したが、彼こそ『紅楼夢』を理解し得た最初の人物である。彼は西洋美学の観点に基づき、近代的な文学批評の態度を用いて評価を行い、『紅楼夢』は中国最高の芸術作品であり、『ファウスト』に匹敵すると断言した。また文芸における悲劇の意義を考察し、美学における壮美の概念を論じたが、その際、『紅楼夢』を具体例とした。彼は『紅楼夢』の最良の理解者だった。過去のみならず、現在においても彼に匹敵する人物はいない。

〔文学に対する曹雪芹の態度の考察〕

文学に対する曹雪芹の態度を最もよく代表しているのは、宝玉、おばあさま、黛玉の意見である。第一に、中国の過去の文学に対する態度を見ると、彼は純文学を好んでいる。経書は敬遠し、愛読書は『西廂記《せいしょうき》』や『牡丹亭《ぼたんてい》』であり、『荘子』も好んで読まれた。百七十〜百八十年前、書物の正邪に対する締めつけが厳しかった時代に、自分の好みをストレートに表現した勇気は決して小さくない。文学と人生の関わりがいかに重大であるかについて、曹雪芹ははっきり分かっていたわけではないが、彼は自分の感情を拠り所に正しい方向に進んだのである。

第二に、八股文《はっこぶん》に対する態度を見ると、彼はこれを徹底的に罵倒している。現状に甘んじて改革に踏み出そうとせず、「喉元過ぎれば熱さを忘る」という中国人の国民性とは対照的である。

第三に、小説創作に対する態度を見ると、彼は紋切り型に反対し、忠実さを要求している。何が最も忠実であるかと言えば、彼は自伝だとみなす。忠実とはどうあるべきかについて、彼は情理に叶うことだと考える。芸術作品はそれ自身が目的であり、手段とみなしてはいけないし、生き生きとした言葉、すなわち白話を用いるべきである。芸術作品は読み手の精神を高めなければならず、作中の主要な人物は理想的でなければならない。以上が作者の考え方である。

第四に、詩に対する態度を見ると、創作の立場からは内容を重んじ、形式を軽んじている。鑑賞の立場からは芸術の真実について提起している（黛玉と香菱の談義）。曹雪芹の文学理論は決して通り一遍のものではなく、その時代に照らせば驚嘆せざるを得ない水準にある。それにもかかわらず、我々は彼に対して中国文学史上、最高の地位を与えていない。

〔『紅楼夢』の文学技巧について〕

クローチェの『美学』が指摘する通り、物を見るとは、ただ漠然と目で見るということではない。それはたんなる感覚に過ぎない。その対象を改めて表現できなければ、見たことにはならないのである。『紅楼夢』における言語表現、対象の描写がいかに精緻を極めたものであるか、それはたとえば、手あぶりを持って来た雪雁《せつがん》（黛玉の侍女）に小言を言うと見せかけて宝玉に当てこする黛玉の描写（第八回）や、これから食事が始まろうとする直前、「ババの劉、ババの劉、大食らいだねまるで牛、ババ豚　ガツガツ　無我夢中」と叫んだ劉ばあさんと、一瞬呆気に取られ、次いで腹の皮もよじれんばかりに大爆笑したおばあさま以下の女性たちの描写（第四十回、本書二一一頁参照）を思い浮かべれば、すぐに納得がいく。爆笑する女性たちの反応の微妙な相違は、彼女たちの個性の相違をもじつにさりげなく的確に押さえている。

実生活における何気ないしぐさ、あるいはやり取りの中に、登場人物の性格や心情を巧みに織り込んだ場面として、正月の笑い話の最中につい眠り込んでしまったおばあさまの受け答え（第七十六回）、「二哥哥《アルゴーゴ》」と「愛哥哥《アイ》」をめぐる黛玉と湘雲の会話（第二十回）、怒りを押し殺した黛玉の宝玉に対するピシッとした反応（第二十八回）、詩作に打ち込むあまり呆けたようになった香菱の姿（第四十八回）などがあり、いずれも読者に強烈な臨場感を与えている。

また夫に対して自分の無能ぶりをことさら語ってみせる熙鳳の雄弁ぶり（第十六回）、探春の憤りが自分たちの方に向けられるのを巧みにかわしながら事態を落ち着かせようとする平児の受け答え（第五十六回）、賈家の女性たちの素顔を面白おかしく尤二姐に語って聞かせる興児《こうじ》（賈家の小者）のセリフ（第六十五回）などには、曹雪芹の天才ぶりが余すところなく発揮されている。生き生きとした言語を運用することは、その言語によって支えられた文化の価値を高めることであり、その文化を育んできた国民の存在意義を高めることである。その意味で、曹雪芹は国民文学の創始者の地位を与えられるにふさわしい。

【本論文について】

この論文は未完に終わっているが、『紅楼夢』の言語芸術を論じるに当たって用いられる分析法やその具体例は、今日においてもほぼ踏襲されていると言っていいだろう。「近づくほどに遠ざかる」という、ある意味で定石通りの愛情のもつれが、宝玉と黛玉それぞれの内心を描くことを通じて表現された第二十九回や、孤児としての不安に神経を苛まれながら生きていくことの苦しさを黛玉が宝釵に告白した第四十五回などを、『紅楼夢』における心理描写の典型として持ち出すことは、現在の常識となっている。また個性豊かな、言い換えれば複雑な性格を持った人物として、熙鳳、襲人、宝釵の三人を取り上げることも、「正面人物」と「反面人物」の二項対立がほとんど問題にならない今日の批評のあり方からすれば、じつに的を射た見方である。

ただ、曹雪芹をトルストイに、高鶚《こうがく》をドストエフスキーに見立てるのは、そういう対比的評価がある種の分かりやすさを持つために、ともすれば使ってみたくなるとは言え、やはり無理があると言わざるを得ないだろう。

また、著者は『紅楼夢』を「自然主義の傑作」とする胡適の見解を、「是に似て非なる」ものだと斬り捨て、自然主義とは何かについて独自に考察している。それによれば、自然主義の特色は、第一に社会問題を提出すること、第二に科学的であること、第三に社会の醜さを暴露すること、とされる。自然主義を何らかの「建設的な」目的意識を持ったものとみなす点では、事実を淡々と書いたとみなす胡適の考えから離れている。今日から見れば、ここには、一九五四年の「紅楼夢研究批判運動」以降、自然主義から現実主義へと、『紅楼夢』に対する評価の切り替えを行ってきた中国「紅学史」の方向転換を感じ取ることもできよう（この転換は、曹雪芹はなぜ『紅楼夢』を書いたのか、『紅楼夢』はなぜ悲劇に終わったのかという、著者が書かずに終わった問題とおのずから深く絡んでいる）。

婚姻問題、夢の描写、支配者の抑圧……そうした事柄が「近代科学」によって分析裁断され、その処理の仕方によって『紅楼夢』のレベルが確定されていく。つまり『紅楼夢』の中で示された様々なエピソードを、解決を要請された現実問題としてとらえ、そこから逆に曹雪芹に批判ないし先駆者としての意義を与えようとするのである。

ここには『紅楼夢』を一種「お勉強の道具」として取り扱おうとする危険な兆候が顔を覗かせている。その根底には近代以降の抜きがたい進歩志向があり、それゆえ「紅楼夢研究批判運動」以降、見るも無惨に繰り返されてきた傲慢な作品解釈と相通じる位置に立たざるを得ないことになるのだ。胡適の自然主義が、「書く」ことの意味を追求することを実質的に放棄したのに対し、李長之の自然主義は「書く」ことの意味を社会的実践に滑り込ませてしまうのである。

宝玉と黛玉の関係から前近代の婚姻問題の悲劇を見ることに『紅楼夢』の意義を見出そうとする主張は、何とか二人を結ばせようと「涙ぐましい」努力を払う続編の作者たちの意気込みと、じつは質的にそれほど変わらないのかも知れない。

なお、李長之は「王国維文芸批評著作批判」(『文学季刊』創刊号、一九三四年一月)において、「紅楼夢評論」、『人間詞話《じんかん》』、『宋元戯曲考』およびその他の文芸批評を取り上げ、彼が文学革命の先駆者であったと結論づける。これは一九二四年に発表された呉文祺《ごぶんき》の「文学革命の先駆者——王静安先生」(鄭振鐸編『中国文学研究』、商務印書館、一九二七年、に収める)の評価を承けるもので、特に目新しい結論ではない。強いて言えば、呉文祺の論文が終始好意的であるのに対して、この論文はむしろ冷静な評価を貫こうとしている。

■李辰冬《りしんとう》「紅楼夢在芸術上的価値」（『国聞週報』第一一巻第四七期〜四八期、一九三四年一一月二六日〜一二月三日）

【要約】

〔まえがき〕

文学は芸術の一種である。いま革命あるいはプロレタリア作家は、文学の力を借りて自分の主張を宣伝しようとしている。たしかに文学には感化力があるが、感化力を発揮できるのは、それが芸術価値を有する作品だからこそであり、何らかのスローガンや理論を唱えればやれるというものではない。いま文学を利用しようと考えている人々は、原因と結果を取り違えている。「芸術のための芸術」こそ、本物の芸術家の金科玉条であり、そうでない限り、本物の芸術作品を生み出すことはできないと思う。「人生のための芸術」等々の問題に至っては、批評家の仕事であり、作品が成立した後に、彼らが各種の主義や思想を用いて分析・認識することである。

芸術とは自然、偏りがなく、円満なものである。すべての芸術は自然に由来し、また自然を目標とする。宇宙全体を把握すればするほど、作品はますます偉大になり、理解はますます難しくなる。芸術家の目的は、ひたすら人生を味わい、人生を表現することにあって、少しの私心も存してはならず、少しの邪念も生じてはならない。『紅楼夢』も例外ではない。

〈『紅楼夢』の構造〉

『紅楼夢』の構造は、あたかも大海原に飛び込んだかのように、大きなエピソード（大波）と小さなエピソード（小波）が変幻自在に連なり合い、複雑な展開を見せてやまない。これは作者の想像力が豊富なためである。同じような波が単調に繰り返される『ドン・キホーテ』や『水滸伝』その他とは比較にならないし、大波と小波の組み合わせに決まり切ったパターンしか見られないバルザックの小説とも比較にならない。

曹雪芹に対しては、テーヌが『英国文学史』で行ったシェークスピアに対する評価が相当するだろう。読者の予想をはるかに越えた物語の展開を作り出すのである。大波が小波を伏せ、小波が大波と化す具体例としては、張《ちょう》道士が宝玉の縁談を持ち出したことに端を発する宝玉と黛玉の葛藤、および宝玉が蔣玉菡《しょうぎょくかん》（役者）と親密になったことに端を発する賈政の折檻事件という二つのエピソードをないまぜにした一段が挙げられる。これはトルストイの『戦争と平和』が、前後相関した短篇小説を繋ぎ合わせて大河小説を構成したのとは異なり、一種類のエピソードだけをそっくりそのまま抜き出すことはできない。

〈『紅楼夢』の風格〉

素晴らしい風格には、美の風格と詩の風格がある。美の風格とは、音調の美しさや対偶の見事さ、字句の華麗さなど、目に見えるものである。一方、詩の風格とは、容易に表現できないイメージ（意象）である。詩と美は同じものではなく、美の存在はその大部分が形式に由来するのに対して、詩の存在は形式において表現された、あるいは引き起こされたイメージに由来し、理解可能だが捕捉することはできない。

『紅楼夢』の風格とは、反影（あることに応じて現れる他の現象）を生じる詩の風格である。美の風格なら、修辞学者にとって分析可能だし、我々にも模倣することができる。しかし、詩の風格は我々が模倣できないのみならず、修辞学者もお手上げである。登場人物の言葉遣いについても、個性や状況に応じて緻密な配慮がなされており、絳紋石《こうもんせき》の指輪に関する史湘雲（第三十一回）、王熙鳳に感謝する劉ばあさん（第六回）、寧国府に乗り込んだ王熙鳳（第六十八回）など、具体例は枚挙にいとまがない。曹雪芹は偉大な小説家であるのみならず、中国において唯一無二の「語体散文家」でもある。彼の言葉は日常の言語の中から生み出されながら、日常の言語よりもいっそう自然で流暢である。彼は言語を美化しているのだ。どんなに下品な言葉であろうと、曹雪芹の手にかかると、一種の美感を帯びてくる。酒令における薛蟠の「苦吟」（第二十八回）がその例である。

〔『紅楼夢』の人物描写〕

テーヌは芸術家の特性を「善感」に見出しているが、これは曹雪芹にも当然当てはまる。グンドルフは『ゲーテ』において、芸術家の美的鑑賞力は先天的であると述べるが、これには同意できない。芸術家の感覚力は強烈であり、彼らが見る事物とは、事物の内心であり、事物の霊魂である。

『紅楼夢』における側室の趙氏と芳官《ほうかん》の諍い（第五十九回）は、無知な女性と少女役者の喧嘩に過ぎないが、曹雪芹が見ているのは二人の霊魂であり、二人の心理状態である。これによって「善感」が美の唯一の基礎であることが分かる。芸術家の高下は、ひとえに感覚力の強弱によって決定されるのである。

どの程度の規模であったかは分からないものの、曹雪芹も中国的な大家族の中で育ったはずであり、しかも後年には、「秦淮《しんわい》の残夢《ざんむ》 繁華《はんか》を憶《おも》う」という境涯に陥った。そのことが一種の宇宙の縮写として『紅楼夢』を誕生させている。まさしくプルーストと同様に、ずっと少年時代のきらびやかで贅沢な生活を続けていたとしたら、彼は永遠に彼の「失われた時」を見出せなかったかも知れない。曹雪芹やシェークスピアの作品を、バルザック、フローベール、トルストイのそれと比べてみると、前者の目的は著作にあるのではなく、自然の流露である。後者はまず著作を志し、その上で人生を経験し、観察し、努力を重ねて自己の目的を達成している。

各社会には中心的な組織が存在する。たとえば、十七世紀のフランスでは「サロン」がそれに当たり、作家としてはラシーヌがいる。十九世紀のフランスでは「結社」がそれに当たり、作家としてはバルザックがいる。中国社会の中心は、古代から今日に至るまで「大家庭」であり、家庭が大きければ大きいほど、構成要素も複雑になり、その家庭に代表される社会もより広範になる。『紅楼夢』はその典型にほかならない。中国文化の全精神が曹家に集中し、曹家の霊魂はまた曹雪芹一人に集中しており、それゆえ、曹雪芹一人を通じて中華民族全体の精神を見出すことができるのでである。ダンテはイタリア精神の代表、シェークスピアはイギリス、セルバンテスはスペイン、ゲーテはドイツの代表であるとすれば、曹雪芹は中国の霊魂の具体化にほかならない。

〔『紅楼夢』の情感表現〕

芸術作品の芸術作品たるゆえんは、それが我々に引き起こすのがイメージであり、情感であって、観念（意志）ではないからである。女児のあり方に端を発する宝玉の議論（第十九回）や宝釵の画論（第四十二回）を例として見てゆけば、シェークスピアに関する、「我々に一種の宇宙の幻像を呼び起こし、一人の生き生きした人物を描き出すことから言えば、彼は天才である」というテーヌの評価は、曹雪芹にも当てはまるだろう。曹雪芹は情感の表現に関して、人物を描写するのと同様に、極端な自然主義者の態度を取る。自然主義者の態度によってイメージを表現することは、まだ比較的たやすい。なぜなら冷静に観察し、冷静に描写しさえすれば、それを成し遂げられるからである。

しかしながら、情感というものは、根本的に熱烈で、瞬間的で、あたかも稲妻そっくりであり、捕捉するのはきわめて難しい。それを一つのエピソード、たとえば宝玉が折檻される一連の描写において数種類の情感を表現し、しかもそれぞれを独立させているのだから、曹雪芹の神業を称賛しないわけにはいかない。彼は曲技の名人がボールを自由自在に操るように、言葉を操ることができ、それゆえ内容・形式ともに備わった傑作を生み出すことができたのである。

【本論文について】

この論文の主旨を一言で要約するなら、それは「自然」の一語に尽きるだろう。筆者は、人間をはじめとする形象を言葉によって描くとはどういうことなのか、について分析を試みている。言い換えれば、「言語にとって美とは何か」という議論を、『紅楼夢』を題材として展開している。「言語」が「自然」な形で生み出される時、そこに本当の「美」が立ち現れる、とでも言えようか。

中国において「言語」が「自然」な形で生み出される背景として、筆者は中国の大家庭を考える。大家庭こそ高級と低級、雅と俗、士大夫と庶民といった、ともすれば二項対立的に考えられがちな概念が混淆し、不可分の形で現れる中国人の日常生活の空間だからである。『紅楼夢』において、様々に交錯する各種レベルの言語は、それぞれの言語を用いる登場人物にふさわしい形で、つまりは「自然」な形で用いられる。宝玉であれ、黛玉であれ、熙鳳であれ、おばあさまであれ、読者は彼もしくは彼女たちについて具体的な容姿を思い浮かべるわけではない（そうした想像はあくまで二次的なものである）。

しかしながら、たとえ「自然」の二文字に「ありのまま」とか「ひとりでに」とかいうルビを振ることができるとしても、それは決して曹雪芹が「ありのまま」を寄せ集めて『紅楼夢』を著したということにはならない。順番はむしろまったく逆であって、曹雪芹が宝玉なら宝玉、黛玉なら黛玉という人物の個性や関係性を十分に考え抜いて造型したからこそ、賈家という舞台の上で、それぞれの人物がいわば「生きた」人間として「ひとりでに」動き続けたのである。筆者が五十頭の馬を操る比喩を持ち出して、露骨に力ずくに頼るバルザックとそんな気配が少しも見えない曹雪芹を対比したのも、そのためだろう。

曹雪芹自伝説が唱えられて以後、曹雪芹は自分の経験を語ったのだという見解がさかんに唱えられるようになり、やがてそれが度を越えて、曹雪芹は自分の経験を語ればよかったのだというようにすり替わり、さらに作者としての曹雪芹の役割をなるべく小さなものとして扱おうとする傾向が加速された。『紅楼夢』の内容を歴史事実とみなせばみなすほど、曹雪芹の「介入」は迷惑だからである。

そうした風潮への反発として「紅楼夢研究批判運動」が巻き起こったと考えられよう。たとえそれが当時の政治的要因に絡め取られているとしても、文学作品が歴史事実によって「侵略」され、文学そのものの役割が矮小化されることへの苛立ちがあったことは認めてもいいのではないか。やがて「自然主義」と「現実主義」という概念が二項対立化され、そこにブルジョアジーとプロレタリアートだの、資本主義と社会主義だのといった対立用語が附加されることによって、「自然」という言葉そのものが、あたかも禁忌の対象になってしまった感がある。しかしながら、この論文の筆者は少なくとも「自然」という言葉に「現実主義（リアリズム）」を見ているのであるから、いわゆる民国期における「自然」の用法には、それぞれの論旨に立ち入った上で評価を与えねばならない。

「ダンテはイタリア精神の代表、シェークスピアはイギリス、セルバンテスはスペイン、ゲーテはドイツの代表であるとすれば、曹雪芹は中国の霊魂の具体化にほかならない」という主張は、すでに王国維の一連の文学論に見えており、特に目新しいものではないが、テーヌの『英国文学史』やグンドルフの『ゲーテ』の見解を具体的に持ち出している点は、時代の流れを感じさせる。

＊

ところで、王国維が打ち出した『紅楼夢』解釈は、現在、どのように位置づけられているのだろうか。陳《ちん》維昭《いしょう》『紅学与二十世紀学術思想』（人民文学出版社、二〇〇〇年）は次のように言う。

王国維の「紅楼夢評論」は通常、『紅楼夢』に対する美学研究および哲学研究だとみなされ、王国維の「ショーペンハウアー哲学の受容が全面的に彼の主観に基づき、往々ショーペンハウアーのある観点を強調してその他を排除した」（葉嘉瑩『王国維及其文学批評』）ことにより、この文章を『紅楼夢』の美学研究とみなす傾向がいっそう強められた。

しかしながら、全文を通読してみると、美学解釈は（全五節のうち）その一節を占めるに過ぎない。全文を統括するのは別の範疇、すなわち価値学である。この文章は『紅楼夢』の美学価値を解釈するのみならず、『紅楼夢』の存在論的価値、倫理学的価値をも解釈している。私が思うに、これこそ価値学解釈の次元であり、王国維のこの文章に紅学史上における水先案内人の役割を与え、新しい紅学のモデルを樹立させたのである。

美学の立場から見れば、この文章の評価に対する人々の基本定型は次の通りである。その研究角度「哲学－美学」は紅学史上、新生面を開き、創造的意義を有し、とりわけ後に紅学の本流を形成する索隠派紅学や考証派紅学などのいわゆる「外部研究」に対して、王国維の研究角度は明らかに「テキスト自身に戻る」ことであって、この面では肯定に値する。しかしながら、この角度によって展開された王国維の解釈内容はよりいっそうの批判や否定、いわゆる「悲観主義」「虚無主義」「消極的解脱」「ショーペンハウアーの意志哲学のある観点をそのまま運用して、〝欲〟を苦痛の根源とした」（中略）等々の評価を蒙った。そこで、紅学史上における影響力という点から見ると、その美学的角度は継承されたものの、美学的観点の方はよりいっそう批判を受けたのである。

しかしながら、価値学の角度から見れば、二十世紀の八〇年代、主体性哲学が中国で盛んになるにつれて、この文章の影響は今まさに発展のさなかにある。この価値学解釈の次元は、哲学界や美学界ですでにしだいに深く掘り下げられているが、紅学界では、いささかの力作が世に問われているにもかかわらず、終始大した反応を引き起こすこともなかった。その間の原因は非常に複雑であるが、要点を述べれば、二つあると思う。

一つは、『紅楼夢』の価値学解釈に従事する学者は、その大多数が哲学や美学の研究に従事しているため、彼らの説明がいっそう哲学化し、その結果として、価値学の理論説明が晦渋玄妙になることによって、紅学界に読もうという気持ちを起こさせないからである。

いま一つは、これらの学者は往々にして『紅楼夢』（はなはだしくは中国古典小説）の専門研究者ではないため、『紅楼夢』を紅学史あるいは中国小説史の全体的発展過程から切り離し、判断の上で不注意や誤りを犯しやすく、そのことが紅学界に無視を決め込む根拠を与えてしまうからである。もちろん、操作の誤りは解釈次元の無効を示すものではない。

王国維のこの文章は一つのまとまりを持った論理構造を具え、哲学、美学、倫理学の三者が内在的な一本線で貫かれており、一つの体系の雛型を呈している。もちろん、この体系は王国維が創造したものではなく、カント、ショーペンハウアーの哲学体系に由来するものである。（二二七〜二二八頁）

今日、王国維の『紅楼夢』解釈が投げかける問題は、王国維の具体的展開が正しいか間違っているかをあげつらうことにあるのでもなく、また『紅楼夢』解釈の正しさを「実証的に」競い合うことにあるのでもない。文学作品を研究するに当たって「テキスト自身に戻る」とはいったい何を意味するのかを考えることにある。それは「テキスト」そのものへの問いかけでもあるが、また「戻る」ことそのものへの問いかけでもある。言い換えれば、前者が作品解釈の出発点であるのに対し、後者は問い直そうとする自己自身への問いかけに相当する。そして、王国維の『紅楼夢』解釈を見る上で、意外と忘れ去られているのは後者ではあるまいか。

李辰冬の論文にもすでに現れていた、『紅楼夢』を国民文学の代表とみなす考え方は、現在ではすでに定着している。たとえば、周汝昌・周倫苓『紅楼夢与中華文化』（工人出版社、一九八九年）、成窮『従紅楼夢看中国文化』（上海三聯書店、一九九四年）、胡暁明『紅楼夢与中国伝統文化』（武漢測絵科技大学出版社、一九九六年）というように、『紅楼夢』を中国文化の一種の結晶としてとらえる著作も現れた。これらは当然、『紅楼夢』を中国文化の本流とみなし、その称揚の正当性を微塵も疑っていない。数々の諸論文もそうである。内容の高下はともかくとして、すべての論考が「『紅楼夢』を研究すること」があらかじめ保証してくれる「心地よさ」にくるまれている。そのこと自体が悪いと言うわけではなく、むしろ現状からすればそうならない方がおかしいくらいである。

ただ、王国維はそうした「心地よさ」とは無縁であったことは銘記しておくべきだろう。彼は、現世的で楽天的な中国人の意に反して、『紅楼夢』が徹頭徹尾悲劇として登場した、つまりは「反‐中国」的なものとして立ち現れたことにこだわっている。「紅楼夢評論」が他の追随を許さない文章であるとすれば、その根拠はおそらくこの一点に尽きるのではないか。

これに関連して、あるエピソードを取り上げておきたい。青木正兒が王国維の『宋元戯曲考』の後を継いで明清の戯曲史を編みたいと打ち明けた時、王国維は、「明以後は取るに足る無し、元曲は活文学なり、明清の曲は死文学なり」と冷たく答えたという（青木正兒『支那近世戯曲史』自序）。これはどういうことか。もちろん戯曲史を書くという立場からすれば、元でバッサリ切ってしまうことなど考えられないし、明清の戯曲を「死文学」だと決めつけることも、いわゆる学問的態度ではない。王国維ならそんなことは百も承知のはずである。彼は、「明以後、思想や構成の面で前人に勝るものが現れたとしても、意境《いきょう》だけは元人の独擅場なのである」と述べている。この言葉は、新しいジャンルとして戯曲を創造する力——それは元人だけに与えられたものである、ということを表明している。つまり明清以後の戯曲は、戯曲というジャンルが定着したことを前提として創作されたものにすぎない、あるいは明清の戯曲史は、戯曲が「一代の文学」として承認された後、戯曲は立派な文学であるという前提に立って書かれたものにすぎないのである。王国維はそれを拒否した、すなわち、たとえ結果的にすぐれた業績と評価される可能性があるにせよ、確固とした前提に乗っかったものを対象とすることに、はっきりと違和感を表明しているのである。ここで、『宋元戯曲考』を「紅楼夢評論」に、明清の戯曲史を「紅楼夢評論」以後の『紅楼夢』研究に置き換えてみるのも、あながち的外れではないだろう。

わたしたちは、王国維の資質や時代状況という要素を積み重ねて、「紅楼夢評論」の成立過程や評価を云々することはできる。しかしながら、『紅楼夢』に関して、これと同じ迫力を持つ文章を書くことはもはやできない。そのことに関する自覚を持つことなら誰にでもできるはずだが、それすらできていないのが現状と言うべきだろう。彼を能天気に「先駆者」として持ち上げるのが、その何よりの証拠である。それは曹雪芹を「初歩民主主義者」と評価するのに等しい。そうすることによってわたしたちは空しく二人を「飼い慣らそう」としているに過ぎないのではないだろうか。「ぼくは拒絶された思想としてその意味のために生きよう」（吉本隆明「その秋のために」）といった二人の意志を、もう少し謙虚に読み取っていく必要があると思う。

なお、王国維の学風については、『清華の三巨頭』（京大人文研漢籍セミナー3、研文出版、二〇一四年）所収の拙稿「王国維——過去に希望の火花をかきたてる」を参照していただければ幸いである。

おわりに

日本で『紅楼夢』を取り上げると、必ずと言っていいほど『源氏物語』が引き合いに出される。留学を希望する中国人学生の研究テーマにも、「『紅楼夢』と『源氏物語』の比較研究」といったものが目立つ。一人の男性主人公を大勢の女性が取り巻くというよく似た外見が、いかにもとっつきやすいのかも知れない。しかし、わたしはこのテーマを苦手にしている。より率直に言えば、あまりに難しくて手が出ない。今もあるのかどうか確かめたことはないが、かつて週刊誌の末尾には、「ここにまったく同じように見える二つの挿絵があります。でも、よく見ると、○○箇所、異なっています。それはどこでしょう?」という「暇つぶしコーナー」があった。『紅楼夢』と『源氏物語』の比較がこのレベルを超える、つまり「ホクロが違う」とか「利き腕が違う」といった指摘以上に、両者の相違点あるいは共通点を見出すのは至難のわざだと思う。なぜならそれぞれの真価を個別につかみ取ることすら至難のわざだからである。決して両者の比較研究が不可能だと言いたいわけではない。お気楽に扱えるテーマではないことを、肝に銘じておきたいだけだ。

『源氏物語』はさておき、『紅楼夢』について言えば、「人間の関係性」なるものを根底的に描き出そうとしたことが、その魅力あるいは迫力の根源だと考えている。然り、問題は「根底的」、すなわち「ラジカル」であることなのだ。とすれば、比較の対象を何も文学の分野に限定する必要はない。そのような結論に達した時、わたしはいともたやすく「越境」した。

思想の分野では、遺作となった「歴史哲学テーゼ」をはじめとするベンヤミンの文章や、長崎浩さんの『政治の現象学あるいはアジテーターの遍歴史』に大きな衝撃を受けた。歴史の分野では、王国維の諸著作が、たんなる実証主義を超えた論考として、別の言い方をすれば、『紅楼夢』と同じく、「中国とは何か」を考えさせる大きな存在として立ち現れた。さらに、アメリカン・ルーツ・ミュージックの地下水脈を見事に掘り当て、「古くて新しい」音楽を作り出したアメリカン・ロックの最高峰ザ・バンドにも、『ラスト・ワルツ』のインタビューにおけるメンバーの発言と王国維の『宋元戯曲考』の記述との関連に気づくというおまけ付きで、酔い痴れることになった。

そして、これは最近の話だが、著名なファッション・デザイナーで、「服飾界パンクの女王」と称されるヴィヴィアン・ウェストウッドさんが、「私を変えた名作」の筆頭に『紅楼夢』を挙げ、「主人公の賈宝玉は、最高にロマンティックな人。十八世紀に書かれたこの古典は私の読書体験のなかで最も重要だったわ」と述べていることを知り（『ELLE』二〇一七年二月号、日本語版）、強力な援軍を得た気分になった。一九七〇年代、音楽とともにファッションで権力に抵抗したウェストウッドさんが、二〇一五年、当時のイギリスのキャメロン首相に抗議するために乗った白い戦車は、白のイメージが強い黛玉を想起させ、宝玉が北静王《ほくせいおう》から拝領した鶺鴒香《せきれいこう》を贈ろうとした時、「どこかの臭い男の人が持っていたものなんて！　わたしはそんなもの要りません」（第十六回）と断固拒否した黛玉の「反‐権力」的な姿勢を象徴するかのようである。『紅楼夢』を読むというのは、まさしくこういうことなのだと感動した。

感動したと言えば、すでに三十年前のことになるが、堺行夫さんが訳された『紅楼夢』（葦書房、一九八九年）を手に取った時も、思わず厳粛な気持ちになった。この訳書（第二十回まで）には「まえがき」も「あとがき」も「解説」も無いが、「訳者略歴」には短く次のようにある。

大牟田市在住　元三池鉱業所三川坑採炭夫　現在75歳

一九六〇年の三池闘争、そして五百名近くの死者と八百名以上の一酸化炭素中毒患者を出した一九六三年の三川坑における炭塵爆発……「採炭夫」と自称されていることから、おそらく誇り高き炭鉱労働者であったと思われる堺さんが、こうした壮絶な体験をくぐり抜けた上で『紅楼夢』の翻訳を出されたことは、ある意味、非常にショックであった。刊行当時、七十五歳ということであれば、もちろん軍隊経験もおありのはずだ。岩波文庫の『アルネ』の訳者である小林英夫さんが、「改版にあたって」（一九七四年）の冒頭で、

この訳書の初版が出たのは一九四二年初夏のことである。すでに日中戦争は戦場が果てしなくひろがりつつあったが、北支で戦っていた一勇士から、陣中で小訳を読み、いたく慰められたよしの礼状を、当時、京城の任地にあって受けとったときの訳者の悦びは、この上ないものであった。

と述べておられるのを読んだ時の感動に、なぜか繋がるものであった。いずれの場合も、「文学とは何か」という根本的な問いを突きつけられた気になったからだろう。拙訳の「解説」において、松枝茂夫さんや伊藤漱平さんらと並んで堺さんのお名前を挙げたのは、松枝さんらに対するのとはまったく異なる意味で、敬意を表したいと思ったからにほかならない。

かつて卒業論文の中で、「曹雪芹は「封建」体制を通じて封建「体制」に挑み、『紅楼夢』という、情況の転変に耐え抜く不朽の作品を生み出したのであった」と書いた。この一文の背後には、自らが強いられた「封建」という情況を通じて曹雪芹が「体制」という絶対的なものに挑むことと、自らが強いられた「民主」という情況を通じてわたしたちが「体制」という絶対的なものに挑むことに何ら変わりはないのだ、という確信めいたものが横たわっていた。「封建」だから遅れており、「民主」だから進んでいるといった考え方、すなわち「自分たちは流れに乗っている」(「歴史哲学テーゼ」XI)とでも言いたげな傲慢さに強い違和感を覚えたからである。「体制」とは、つまるところ「人間の関係性」にほかならない。吉本隆明さんの「関係の絶対性」(「マチウ書試論」)という言葉がよみがえる。「ういやつじゃ、褒めてつかわす」とばかりに、曹雪芹に「初歩民主主義者」というレッテルを貼って「歴史の戸棚」に収納する――そうした空虚な行為に対する異議申し立てを行ったと言えるかも知れない。それがすべての出発点だったのだと、今ならはっきりと分かる。もちろんそこに、「炎は地下深く埋葬され、その上を窓のない車が通り過ぎるばかりだ」(桐山襲『風のクロニクル』、河出書房新社、一九八五年)という一九七〇年代半ばの風景が刻印されていることは否定できないし、それはむしろ当然だと受け止めている。

まさしく本書冒頭に引いた魯迅の言葉通り、自分に染み込んでいる様々なものから完全に解放されて「自由」になることなどあり得ない。しかしそれでもなお、『紅楼夢』に関して、以下に引くベンヤミンの言葉に少しでも近づけるような視点をつかみ取ることができればと願わずにはいられないのも、また偽らざるところである。

> 批評は、いわば、芸術作品を用いてなされる実験なのであって、この実験により芸術作品の反省が呼び起こされ、この実験により芸術作品は、己れ自身を意識し認識するようになる。（『ドイツ・ロマン主義における芸術批評の概念』、ちくま学芸文庫、一三二頁）

> 批評とは、それゆえ、その本質の今日的な捉え方とはまったく対照的に、中心的意図《アプズイヒト》において価値判断ではなく、一方では作品の完成、完全化、体系化であり、他方では、絶対的なもののうちにおける作品の解消なのである。（同前、一六〇頁）

曹雪芹が『紅楼夢』を書くことにおいて目指したものとは何か——当たり前の話だが、すべてはこれに尽きる。そして目指したものが尽きることは決してないのだ。

あとがき

本書の執筆を依頼されたのは、たしか二〇一七年の一月か二月だったと思う。前年十一月にはすでに「京大人文研東方学叢書」の刊行が始まっており、所員の一人として順調に推移することを願っていたが、思いがけずピンチヒッターを務めることになった。

当初、所内でこの叢書の執筆者を募集した時、私は手を挙げなかった。一九七六年一月に提出した卒業論文以来、『紅楼夢』に関する文章はあれこれ書いてきたし、また二〇一四年三月には個人全訳が完結したこともあって、新たに一冊の本を仕上げるだけの材料も気力も残っていなかったからである。結局、これまで書いてきたものを何とか繋ぎ合わせて一冊にまとめるやり方でよければ、ということでお引き受けすることにした。したがって何の新味もないと言われればその通りなのだが、もともとほとんど人の目につかない雑誌や論文集に掲載してきた文章ばかりなので、できるだけ分かりやすく「修正」して再登場させることをお許しいただければ幸いである。

初めて『紅楼夢』を読んでから、すでに半世紀以上の歳月が流れた。作者の伝記資料の発掘、テキスト相互の異同に関する緻密な比較研究、様々なモチーフをめぐる細かい文学史的考察といった、いわば「客観的な」文学研究の王道において、何一つまともな論文を書くことができなかったわたしは、明らかに「研究者」失格であり、たんなる「愛読者」にすぎない。しかし、「愛読者」なればこそ、突飛な方向に脱線して『紅楼夢』の魅力を突き止めようとしたことについては、何も恥じていない。かつて渡辺京二さんの『地方という鏡』（葦書房、一九八〇年）を拝読してその存在を知った井上岩夫さんは歌う。

叙情的な一センチに見守られて
人は現場であるしかない
（「それがどうした一センチ」『井上岩夫著作集』1「全詩集」四四三頁、石風社、一九九八年）

好きな言葉だ。

＊　＊　＊

本書をまとめるにあたっては、臨川書店の工藤健太さんに大変お世話になったが、工藤さんが当初構想しておられた「京大人文研東方学叢書」のイメージにかなう一冊になったとはとても言えないような気がして、まことに申し訳なく思っている。と同時に、かつて京都大学人文科学研究所の要覧である『人文科学研究のフロンティア』（二〇〇一年）において、「『紅楼夢』／王国維／ザ・バンド／ベンヤミン／長崎浩」という五つの星が織り成す星座の下で思考していると述べたことを、あくまで『紅楼夢』をベースにしつつも、一冊の本としてまとめる機会を与えてくださったご配慮に対して、心から感謝したい。

二〇二〇年三月

本書をまとめるに当たってベースとした拙稿は以下の通りである。

第一章

物語のあらすじ

拙訳『新訳紅楼夢』全七冊「本冊の読みどころ」　岩波書店　二〇一三～一四年

賈宝玉の幻想

「白話小説史に於ける《紅楼夢》の位置」『東方学報（京都）』第五五冊　一九八三年

賈家の人々

「家庭の秩序――『紅楼夢』における人間関係」『中華文人の生活』　平凡社　一九九四年

涙はどのように流されたか

「涙の流れるままに――林黛玉以外の人々」『中国の礼制と礼学』　朋友書店　二〇〇一年

第二章

曹寅の活躍

「曹寅について」『東方学報（京都）』第五九冊　一九八七年

曹雪芹

拙訳『新訳紅楼夢』第一冊「解説」

第三章

紅迷のこだわり

拙訳『新訳紅楼夢』第一冊「解説」

夢の涯までも

「夢の続き——『紅楼夢』続編の世界」『興膳教授退官記念中国文学論集』汲古書院　二〇〇〇年

「まっとうな」批評とその落とし穴

「文学理論の近代化——『紅楼夢』をめぐって」科学研究費補助金（基盤研究Ｂ２）『中国文学における通俗文学の発展及びその影響』報告書　二〇〇一年

か行

さ行

索　　引

「作中人物」と「その他」に分け、それぞれ頭字の五十音順に並べた（ただし和音と漢音が混在）。

項目、頁数ともに主要なものに限った。

（1）作中人物

（2）その他

あ行

井波陵一（いなみ　りょういち）

1953年福岡県生まれ。京都大学文学部卒業。京都大学名誉教授。専門は中国文学。2015年、曹雪芹『新訳 紅楼夢』全7冊で第66回読売文学賞研究・翻訳賞受賞。著書に『知の座標 中国目録学』（白帝社、2003）『紅楼夢と王国維 二つの星をめぐって』（朋友書店、2008）、訳書に王国維『宋元戯曲考』（平凡社、1997）がある。

京大人文研東方学叢書 10

『紅楼夢』の世界
きめこまやかな人間描写

令和二年四月三十日　初版発行

著者　井波陵一
発行者　片岡敦
印刷製本　尼崎印刷株式会社

発行所　株式会社 臨川書店
606-8204 京都市左京区田中下柳町八番地
電話(〇七五)七二一-七一一一
郵便振替　〇一〇七〇-二-八〇〇

落丁本・乱丁本はお取替えいたします
定価はカバーに表示してあります

ISBN 978-4-653-04380-5　C0398
[ISBN 978-4-653-04370-6　セット]

京大人文研東方学叢書　刊行にあたって

第一期世話人　冨谷　至

京都大学人文科学研究所、通称「人文研」は、現在東方学研究部と人文学研究部の二部から成り立っている。前者の東方学研究部は、一九二九年、外務省のもとで中国文化研究の機関として発足した東方文化学院として始まり、東方文化研究所と改名した後、一九四九年に京都大学の附属研究所としての人文科学研究所東方部になり今日に至っている。

第二次世界大戦をはさんでの九十年間、北白川のスパニッシュロマネスクの建物を拠点として東方部は、たゆまず着実に東方学の研究をすすめてきた。いうところの東方学とは、中国学(シノロジー)、つまり前近代中国の思想、文学、歴史、芸術、考古などであり、人文研を中心としたこの学問は、「京都の中国学」、「京都学派」と呼ばれてきたのである。今日では、中国のみならず、西アジア、朝鮮、インドなども研究対象として、総勢三十人の研究者を擁し、東方学の共同利用・共同研究拠点としての役割を果たしている。

東方学研究部には、国の内外から多くの研究者が集まり共同研究と個人研究をすすめ、これまで数多くの研究成果を発表してきた。ＺＩＮＢＵＮの名は、世界のシノロジストの知るところであり、本場中国・台湾の研究者が東方部にきて研究をおこなうということは、まさに人文研東方部が世界のトップクラスに位置することを物語っているのだ、と我々は自負している。

夜郎自大という四字熟語がある。弱小の者が自己の客観的立場を知らず、尊大に威張っている意味だが、以上のべたことは、夜郎自大そのものではないかとの誹りを受けるかもしれない。そうではないことを証明するには、我々がどういった研究をおこない、その研究のレベルがいかほどのものかをひろく一般の方に知っていただき、納得してもらう必要がある。

別に曲学阿世という熟語もある。この語の真の意味は、いい加減な小手先の学問で、世に迎合するということで、その逆は、きちんとした学問を身につけて自己の考えを述べることであるが、人文研の所員は毫も曲学阿世の徒にあらずして、正学をもって対処してきたこと、正学がいかに説得力をもっているのかも、我々は世にうったえて行かねばならない。

かかる使命を果たすために、ここに「京大人文研東方学叢書」を刊行し、今日の京都学派の成果を一般に向けて公開することにしたい。

（平成二十八年十一月）